El error evolutivo y otras equivocaciones

JOSÉ LUIS CANTÓN PATERNA

Copyright © 2020 José Luis Cantón Paterna

1ª edición: *El error evolutivo* (2014)
2ª edición: *El error evolutivo y otras equivocaciones* (2020)

Ilustración original: Susana del Rosario Castañeda Quintero
Corrección de estilo original: León Barrón Rosas
Corrección de estilo de esta edición: Lidia Paredes Llusà
Todos los derechos reservados.

ISBN: 9798648545731

A mi abuela Antoñita,
que siempre ha creído que escribiría un libro.

ÍNDICE

PRÓLOGO

a la 1ª edición

El error evolutivo, primer libro de cuentos de José Luis Cantón Paterna, reúne nueve textos en torno a situaciones que varían desde lo cotidiano hasta lo fantástico. La invención y un manejo rítmico del lenguaje van exponiendo facetas a veces sorprendentes, a veces ambiguas, a veces inusitadas del proceder humano. Pero no sólo del proceder humano sino del imaginativo, atribuido a objetos, seres animados o recreados para la participación del lector en una especie de adivinanza.

Los sucesos se desarrollan de manera fluida y un final inesperado los pone a prueba. En el cuento que da título al libro, "El error evolutivo", extraños organismos que habrán de ser descifrados por el lector, se describen por su actividad infatigable y el vivir a expensas de sus proveedores. El cambio de punto de vista y la relación de interdependencia son muestras de una vitalidad discursiva.

"La otra" entremezcla una doble ficción, la del relato y la cinematográfica, que permite al autor describir a sus personajes recordando antiguas películas. Ficción dentro de ficción donde se evocan actores, situaciones fílmicas y un director-autor que las manipula a su gusto. Finalmente, un cambio en las escenas en blanco y negro por las de color regresa al protagonista a la realidad.

"La bicicleta" establece una relación tan afectiva entre un hombre y una bicicleta que el día en que esta desaparece, orilla al hombre a su destrucción, quedando inmóvil a su espera y convirtiéndose en parte de la naturaleza. En cambio, la bicicleta mantendrá su eterna movilidad.

"Mamá, dime" es un desesperado juego de identidades perdidas en el que madre e hija se confunden e invierten sus papeles. En este caso, la memoria será el eje central del relato en un complejo juego de pasado y presente.

"Los nombres" es una reflexión sobre la necesidad de poseer un apelativo para desarrollar una historia, a la vez que la comprobación de su inutilidad. La ambigüedad se basa en convenciones tanto del lenguaje como sociales en donde la inversión de papeles es determinante para establecer la propia identidad.

"*Vita theatrum*" es una reflexión sobre los límites que la realidad impone a la representación escénica. Así, el espectador escoge su manera de entrar en el juego de lo falso y lo verdadero. El manejo del tiempo es una instancia de su relatividad, y vida y muerte no son sino actos deliberadamente intercambiables.

"Esta criatura mía" sigue en la línea anterior, donde la representación es la de la imagen en espejo que, en realidad, es una imagen invertida y, por lo tanto, falsa. Lo deforme y lo monstruoso no son sino el reflejo que afirma el carácter de la ficción.

"Se querían" propone la visión anónima de los asistentes a un bar sobre los sucesos de una pareja y su interpretación imaginada en torno a la relación amorosa. De nuevo, la mirada oblicua es la dominante y el lector agregará su propia mirada sobre el texto para decidir el desarrollo de los sucesos.

"Selección innatural" cierra de manera cíclica el conjunto de cuentos acudiendo al mundo natural en el que un ser alado quiere saltarse su proceso vital y las palabras del autor acuden en su ayuda para darle la dimensión deseada.

De este modo, los cuentos de José Luis Cantón Paterna son ejemplo de las diversas pasiones de la creación literaria, del juego y rejuego de inacabables perspectivas, de la suplantación de la realidad, y del dilema entre ser y parecer.

Angelina Muñiz-Huberman

PRÓLOGO

a la 2ª edición

Estaba acabando 2014 cuando este libro, *El error evolutivo*, salió a la luz, aunque dos de sus cuentos, "Vita theatrum" y "El error evolutivo", habían aparecido en sendas revistas universitarias mexicanas. Fue este último cuento, "El error evolutivo", el que en realidad lo inició todo.

Yo estudiaba una Maestría en Literatura Mexicana en la Universidad Nacional Autónoma de México (UNAM) y hacía mi tesis sobre la generación hispanomexicana, la de los llegados muy jóvenes en el exilio republicano español a México. He de decir que aquella ha sido, sin duda, la mejor etapa académica de mi vida. En gran parte, por el profesorado, absolutamente excepcional: vienen a mi mente las clases de Eugenia Revueltas, las mañanas en el sillón frente al sabio Arturo Souto, la paciencia de

Federico Patán dirigiendo mi tesis o las conversaciones con Angelina Muñiz-Huberman, que tuvo a bien prologarme el libro; entre otros muchos profesores que seguramente ya no se acuerden de mí. Pero, sobre todo, fue la mejor experiencia universitaria de mi vida por los compañeros que compartieron conmigo aquella gran aventura mexicana, esa generación de estudiantes de maestría que estaban destinados a escribir, investigar y enseñar grandes cosas: Lola Horner y Ave Barrera son actualmente escritoras reconocidas, Cristina Díaz es una estupenda profesora de literatura latinoamericana, Diana edita magníficos libros educativos y nuestra pequeña Nancy es, simplemente, una de las mayores supervivientes que he conocido. A algunos, claro, les he perdido la pista por ahora, pero estoy seguro de que nos volveremos a encontrar: a Víctor, con quien hice correcciones de estilo y presentaciones de libros delirantes; a Héctor Celis, que escribía maravillosamente bien y consiguió una beca en Nueva York; y a otros muchos que me van a perdonar si no escribo su nombre aquí, pero que llevo para siempre en mis recuerdos.

Decía que ese cuento, "El error evolutivo", lo cambió todo, porque un compañero de la maestría, León Barrón, se acercó a mí y me propuso una de las ilusiones de mi vida: publicar un libro, un libro de relatos. Yo había escrito poemas y cuentos desde la infancia, así que tenía treinta años, bastantes textos y muchos miedos. Fue precisamente el ofrecimiento de León, junto con los ánimos de todos mis compañeros y ese ambiente tan creativo, dinámico, culto y literario que me rodeaba, lo que me envalentonó a publicar por primera vez. Así nació *El error evolutivo*, llamado así en honor a ese primer texto que configuró el hilo conductor de la selección de los cuentos de la antología: relatos que pareciera que debían desembocar de forma lógica en un cierto resultado a partir de los acontecimientos, pero que en realidad finalizaran rompiendo esas expectativas, concluyendo en un desenlace inesperado, "erróneo", pero perfectamente plausible. Todo ello mejorado por el trabajo de Susana del Rosario y Leonel Heath, que consiguieron una edición preciosa que sigue encandilando a todos aquellos que llegan a tenerla en sus manos por su diseño y su originalidad.

Hoy puedo decir que este primer libro me dio la confianza necesaria para animarme no solo a publicar, sino también a difundir lo que escribo al público, en redes sociales, en mis clases… Sigo pensando que mostrar lo que uno crea es exponer una parte de uno mismo, pero ahora me doy cuenta de que, lejos de avergonzarme, expresar lo que pienso y siento a través de la escritura me hace feliz y, sobre todo, libre. Una libertad que no tenía cuando guardaba mis escritos para mí, en una libreta o una carpeta del ordenador. Es por eso que me hace mucha ilusión reeditar este libro, aunque no sea a través de una edición tradicional, como la que tuve en México. Varias veces me han pedido en España poder adquirirlo y se ha dificultado por la distancia, por esa distancia que pesa tanto, porque he aprendido también que me pesaba vivir lejos de España tanto como ahora me pesa vivir lejos de México. México me lo ha dado todo y siempre lo llevaré conmigo, que es tanto como decir que llevo en mi corazón a todos los que compartieron mi vida allí.

Por estas mismas razones, además de reeditar el libro, quería ampliarlo con este prólogo y, sobre todo, con otros tres cuentos (esas "equivocaciones" del título), que aparecieron mientras vivía allí en publicaciones muy diferentes entre sí. Debo y deseo dar las gracias a Lidia Paredes, gran compañera y mejor amiga, que ha hecho de correctora de estilo de estos textos ante mi incapacidad para ver los errores en las palabras que yo mismo he escrito. Desde aquí, muchas gracias.

El primero es "Cosas de niños", que ganó un premio en un concurso del Centro de Documentación y Difusión de Filosofía Crítica de la UNAM dedicado a las cuestiones de género. El segundo se llama "Voyeur" y fue publicado en la revista *Temporales* de la Universidad de Nueva York, una revista de literatura en español donde estuvo Héctor Celis, uno de mis compañeros de maestría.

El último, seguramente, es para mí el más especial: se titula "Los muertos" y fue motivado por la dolorosa tragedia de Ayotzinapa, en la que, además de otros muertos y heridos, la policía municipal de Iguala y estatal de Guerrero hizo "desaparecer" a 43 estudiantes en la noche del 26 al 27 de septiembre de 2014. Ante aquellos indignantes sucesos, los estudiantes de la UNAM (y de otras instituciones del país, así como la población general) organizaron lógicas manifestaciones. He de decir que mi beca, otorgada por el gobierno de México, me indicaba expresamente que debía evitar la participación en manifestaciones políticas y de protesta… Pero yo sentía indignación y dolor y, al mismo tiempo, la extrañeza y el desconocimiento del extranjero en tierra de acogida, una tierra que no conoce del todo. Curiosamente, a los exilados republicanos que yo estudiaba se les había dado asilo muchos años y gobiernos antes con el mismo compromiso: no participar en política. No puedo decir que tomara parte parte activa en la organización de esos eventos, pero sí que escribí el último cuento que ahora se incluye en esta antología, que en aquel entonces publiqué en un *blog* que redactaba y que hoy sigue perdido por el ciberespacio. Una equivocación, la tragedia de Ayotzinapa, que en este caso no es del relato, sino de la realidad. Pero sigue teniendo cabida en esta antología.

En conclusión, puedo decir que esta reedición de mi primer libro es importante para mí por muchas razones, pero sobre todo porque supuso el comienzo de una andadura que sigo caminando, a pesar de que el camino no sea fácil ni el destino, conocido. Espero que, si has llegado por primera vez a estos errores evolutivos, disfrutes tanto de los doce relatos como yo de mi experiencia en México; y, si ya conocías los nueve errores primeros, amplíes la experiencia con estas nuevas equivocaciones que ahora salen a la luz. Recuerda que se aprende muchísimo de los errores y que, como dijo Dovstoievski, "es mejor equivocarse siguiendo tu propio camino que tener razón siguiendo el camino de otro".

José Luis Cantón Paterna

EL ERROR EVOLUTIVO

Nadie los esperaba. Llegaron poco a poco, un día que ya no recordamos, y se instalaron por todas partes, relegándonos a la oscuridad. Al principio, no nos prestaban atención. Nos movíamos con sigilo y aprendimos a vivir parasitándolos: las sobras de lo que producían nos proveían de lo necesario y resultaban un manjar. Eso en realidad nos hizo decadentes, porque no había que esforzarse por conseguir alimentos, y nos entregamos a una vida fácil a costa de esos nuevos pobladores. Se convirtieron en una plaga: se multiplicaban sin cesar y se extendían sin pausa por casi cualquier entorno. Eso nos ayudó también a crecer a sus expensas, y nos reprodujimos desmesuradamente, sin que nos faltara nunca el sustento necesario no ya para sobrevivir, sino para gozar ampliamente. Ahora nos planteamos que esto fue nuestro error y nuestra condena.

Siguieron aumentando y, poco a poco, acusaron un avanzado proceso de evolución, pero pasamos mucho tiempo ignorándonos, a pesar de que llegamos aquí antes que ellos. En realidad, su presencia directa nos producía terror: eran gigantescos y deformes, proferían alaridos ininteligibles y demostraban una actitud muy violenta hacia todo lo que los rodeaba y, lo más sorprendente, incluso entre ellos. El pavor que sentíamos ante sus sorpresivas apariciones hizo que decidiéramos ocultarnos en los rincones más oscuros, aquellos que ellos se esforzaban por no ver, y durante mucho tiempo parecieron no tomarnos en cuenta. Empezamos a ocupar masivamente los lugares en los que vivían, y resultó cada vez más fácil sobrevivir a su costa.

Con el paso del tiempo, hubo quien se percató de nuestra presencia: reconozco que a veces nos expusimos por osadía, pues llegamos a creer que no les importábamos, que por alguna extraña razón nos toleraban, aunque nunca habíamos logrado comunicarnos. En ciertos casos, no obstante, no fue simple atrevimiento, sino un intento de contactar con los otros, con esos que estaban ahí y de los que desafortunadamente habíamos llegado a depender: nuestra raza tampoco está a salvo de la curiosidad. Hubo también quienes incubaron la teoría de que en realidad eran seres sobrenaturales o divinos, cuyo propósito era proveernos de una existencia feliz, y cuando se producía algún incidente, argüían que eran muestras de su enfado por nuestra vida disoluta y poco respetuosa con su presencia.

Aunque durante muchos años parecieron mantener su actitud distante, pronto surgieron entre ellos individuos extraños —cada vez en mayor número— que gritaban espantosamente cuando nos hallaban por sorpresa en sus guaridas. Que se apartaban al vernos compartir el duro suelo en el que habían convertido la tierra. Y comenzaron a atacarnos con tenacidad. Antes sus asesinatos eran esporádicos, y casi nadie quería asumir que esa especie que parecía benefactora de nuestra raza tuviera motivos para hostigarnos, o deseos sanguinarios de hacerlo. Mas eso se acabó paulatinamente: empezaron a envenenarnos con espantosos productos ponzoñosos, y a masacrarnos por aplastamiento con su macizo y desproporcionado cuerpo. Algunos incluso se dedican a apresarnos para aplicarnos diversos métodos de tortura: nos abren en canal con un arma fría y afilada, que destella bajo una luz blanca, aséptica y molesta; o nos inyectan productos que resultan tóxicos, o nos decapitan y se dedican a observar cómo nuestro cuerpo se contonea durante semanas hasta morir sin remedio.

Una cosa está clara: estos monstruos están decididos a exterminarnos. Nuestro número los supera en gran medida, y por eso no hemos dejado de discutir si, después de tanto tiempo observándolos desde las sombras, ha llegado la hora de masacrarlos. Sin embargo, la decisión no es sencilla: ellos nos han facilitado la existencia, de ellos extraemos el sustento para nuestras cada vez más abundantes crías, ellos han construido y mantienen la mayor parte de los lugares en los que habitamos, con toda comodidad, mientras siguen produciendo el alimento necesario. Hay quienes dicen que su persecución, por lo demás torpe y poco efectiva, es el precio que tenemos que pagar por una existencia fácil y carente de esfuerzo. Y quizá tengan razón, pero ¿podemos justificar las continuas bajas en nuestra especie a cambio de continuar con una prosperidad general? ¿Quiénes entre nosotros merecen morir por el beneficio común? ¡Nos planteamos tantas y tantas disquisiciones, que nos mantienen por ahora discutiendo la decisión final…! Pero, en el fondo, no hay más que una inquietante pregunta que nos asalta con cada huida, con cada tortura, con cada asesinato: ¿seríamos ya capaces de vivir sin ellos?

LA OTRA

Yo soy la otra, la otra,
y a nada tengo derecho,
porque no llevo un anillo
con una fecha por dentro.
No tengo ley que me abone
ni puerta donde llamar,
y me alimento a escondidas
con tus besos y tu pan.
Con tal que vivas tranquilo
qué importa que yo me muera...
Te quiero siendo la otra
como la que más te quiera.

Antonio Quintero
y Rafael de León

En una tarde como cualquier otra, en la que el viento rozaba perezoso las coladas tendidas y el sol, insomne, luchaba por rasgar las nubes del ocaso, Julián encontró entre las sábanas de su propia cama a Esteban retozando con Clara, su esposa. Fue un instante que el cine habría retratado con grandiosidad épica: mientras apuraba su tercer *whisky*, Julián se imaginaba una película clásica, con grandes actores míticos de Hollywood: Humphrey Bogart, Marilyn Monroe, James Dean, Audrey Hepburn, quizá Marlon Brando... Habría entrado por aquella puerta en blanco y negro y habría descubierto a ambos adúlteros desnudos, uno encima del otro. La cámara habría alternado la imagen de sus rostros, la boca de ella se abriría con desconcierto, los ojos del amante mostrarían una mirada culpable, la expresión del engañado sería de sorpresa indignada. La música se habría elevado con una tensión fría, pausada, casi corpórea... Después el traicionado habría salido de aquella habitación en silencio, rebosando dignidad, mientras ella se envolvía en su sábana gritando: "¡No es lo que parece! ¡Vuelve, cariño, vuelve!". Pero él, duro y con la tranquilidad que aporta la decencia, habría abandonado aquella casa dejando a la casada infiel llorando en sordos quejidos, y a su traicionero amigo sentado sobre el lecho, con la cara oculta entre las manos. Unas horas después, incluso días, puesto que en la ficción el tiempo puede acortarse a golpe de fotograma, ella habría venido a su encuentro, quizá en un parque, y él le habría dicho, con voz profunda y mirada penetrante, que lo suyo estaba acabado, *baby*, fue bonito mientras duró, en el fondo siempre supe que no eras mía, porque yo nunca fui tuyo, *darling*. Después se habría puesto el sombrero de ala ancha y se habría alejado, la chaqueta en tonos grises al hombro y la otra mano en el bolsillo, mientras las hojas también grises, en una calle sin technicolor, caerían en oleadas suaves, y ella, al principio del plano, lloraría su pérdida y su propia ruindad.

En lugar de eso, Julián se encuentra en un sucio bar de barrio, de los que tienen un mostrador lleno de tapas del día que más bien parecen tapas del año. Un camarero infecto seca vasos con un trapo que algún día fue blanco. Dos viejos ven la televisión sin tener nada que decirse, y Julián pide su cuarto *whisky*. Si esto fuera una película, piensa, el tiempo habría pasado más deprisa, ya han transcurrido tres horas desde que se los encontró y el dolor sigue ahí, convirtiendo los minutos en años. Ninguno de los dos le ha seguido cuando se ha marchado, ni siquiera sus expresiones faciales han sido como hubieran debido ser: ella lo ha mirado con los ojos vidriosos, con más cansancio que culpa, e incluso con reproche, como si le dijera: "¿Ves? Esto es lo que has conseguido, mira lo que me obligas a hacer". Esteban lo ha mirado con calma y después... ha sonreído. Una sonrisa cínica, sardónica, que le dice, esta vez sin lugar a dudas, "te lo advertí". Y a él no le ha quedado siquiera la dignidad en la huida, porque ha escapado como las ratas cobardes, con lágrimas en los ojos, cuando tendría que haberlas derramado su mujer; ha salido llorando y dando un portazo, un vulgar y barriobajero portazo, muy lejos del buen hacer de Clark Garble con la arisca Scarlett O'Hara. Tras ello se había refugiado en el primer bar de mala muerte a ahogar sus penas en un alcohol aún peor que aquel antro, y allí seguía, sin el empaque ni la elegancia de tantas otras ocasiones.

Porque hay que ver, con lo que él ha sido siempre, tan apuesto, tan galante, tan bien situado... Todo un genio de las finanzas y de la vida social, sobre todo desde que se casó con Clara. Él era un muchacho de clase media, guapo y preparado, sin muchos recursos, pero con ambición. Y conocer a Clara, la hija del hombre de negocios más poderoso de la ciudad, fue todo un golpe de suerte. Clara era elegante y refinada: frente a su mediado cuarto *whisky* Julián recuerda su pelo largo y suelto, cayendo en bucles, sus ojos almendrados y castaños, su sonrisa tímida. Porque ella era entonces callada e insegura, una garza atemorizada por el poder de los múltiples halcones de su familia, enzarzada en las luchas de poder de todos los árboles genealógicos de renombre, árboles de ramas podridas, ramas metálicas, ramas infectadas de envidia y ambición malsana. Clara estaba perdida, y la aparición de Julián fue una tabla de salvación a la que agarrarse. Y él supo aprovecharse de su debilidad, aguantando sus llantos y sus vacilaciones, presentándose como su salvador, como su ángel, hasta conseguir que se enfrentara a su familia por él y por su matrimonio, que le reportaría tantos beneficios. Porque el padre de Clara, su suegro, nunca lo había soportado, por el simple hecho de que eran iguales, y él sabía que Julián sólo estaba con su hija para medrar en la escala social. Ella representaba alcanzar las cotas más altas de la economía no sólo local, sino de todo el país. Y Clara se rindió a sus encantos, a la seguridad y la adoración que Julián parecía prodigarle, a sus ojos azul eléctrico y su pelo rubio, su pose de Paul Newman hispánico. Porque aquel Julián joven era decididamente guapo, alto, seductor... Julián tenía claro que no la amaba y que no lo satisfacía, pero... ¿qué importaba? Era una oportunidad, y no iba a desaprovecharla. Con todo, su suegro lo respetaba, porque él habría hecho lo mismo y porque reconocía su valía en los negocios. Además, no podía permitir que, una vez que pasó a ser un miembro de su familia, nadie dudara de su solvencia y su capacidad para las finanzas.

Esteban ya estaba en su vida por aquella época, puesto que se habían conocido en la universidad, en el primer curso de carrera, y desde entonces habían sido inseparables. Esteban era entonces un joven parecido a Julián: clase media y ambición desmedida. Ya entonces apuntaba su característico físico, casi opuesto al suyo:

anchos hombros, cuerpo fibrado, poderosa mandíbula enmarcada en una cuidada barba de tres días, ojos negros, como de tinta, y sonrisa cínica. Esteban era capaz de engatusar a cualquiera con sus palabras, pronunciadas con su voz grave y profunda. Era un manipulador nato. Sin embargo, Julián se confió a él desde el principio, y formaron el dúo maravilla, imparables en cada empresa que comenzaban, en cada proyecto en el que se habían implicado. A pesar de su ambición, Esteban siempre estuvo en contra de su matrimonio con Clara. Sin embargo, y por una vez, Julián no le hizo caso y se casó con ella. Esteban ni siquiera se dejó ver en la ceremonia, y no dio ni una excusa. Pero después de su viaje de novios Esteban y Julián siguieron como siempre y, de hecho, este utilizó sus influencias para arrastrar con él a Esteban, que empezó a compartir con Julián todos los puestos de poder. Así, durante doce largos años. Hubiera confiado su vida a Esteban. Y ahora lo encontraba en su propia cama, con Clara. Una mueca de dolor recorrió sus facciones mientras apuraba su deslucido vaso.

Tras ponerse su largo abrigo gris, Julián salió a la calle. La cabeza le pesaba tanto por sus aciagos pensamientos como por la ingesta de alcohol. Frente a él se abría un largo paseo enmarcado por farolas ya encendidas; era otoño y estaba anocheciendo, a pesar de ser aún relativamente temprano. Los pocos transeúntes que recorrían la zona caminaban apresurados; personas sin nombre, que no le decían nada. Julián caminaba casi sin rumbo, absorto en sus tribulaciones. Recordó la imagen en blanco y negro que se había imaginado, y pensó, con una diversión cruel, que aquel era el escenario perfecto por el que, con la chaqueta en tonos grises al hombro y la otra mano en el bolsillo, se habría alejado mientras las hojas también grises, en una calle sin technicolor, caerían en oleadas suaves, y su mujer, al borde de la escena, lloraría su pérdida y su propia ruindad.

Si esto fuera una película, continúo imaginando, él sería más bien un tipo fracasado, olvidado por todos, un ciudadano anónimo que se pasea perdido por la ciudad, ya que los amantes lo han desechado, pobre ser solo y triste, porque resulta una carga, porque ya nadie lo necesita, porque nadie quiere mantener sus lazos con aquel ínfimo ser solitario y descarnado. Pero la diferencia, reflexiona con amargura, es que nadie lo buscará en el estercolero de su alma para rescatarlo de la infame lluvia que lo ahoga, lluvia de culpa y de recuerdos que lo hostiga y lo corrompe. Vagará eternamente por la ciudad vacía y llena de gente, personas anónimas como él, que buscan el amor que no encuentran en ellos mismos, y por eso no son capaces de darlo. Quizá, como vio en los ojos castaños de su esposa y las pupilas negras de Esteban, él es el único culpable de todo lo que ha ocurrido: él desoyó a Esteban, él se casó sin amor, él ha mantenido esta situación todos estos años.

Al principio, todo fue relativamente bien en su matrimonio. Sólo había que limitarse a seguir un papel de perfecto esposo: una sonrisa al volver a casa, una llamada conveniente si no podía llegar al hogar a la hora esperada, los regalos adecuados en las ocasiones especiales... El sexo no fue nunca prioritario en su relación, pues ella se casó siendo inexperta y no parecía echarlo demasiado en falta. Por eso sus relaciones sexuales al principio fueron rutinarias, planificadas, las necesarias para cumplir con el estándar de recién casados. Después, cuando comprobaron que funcionaban como máquinas, cachivaches rotos que sólo hacían ruidos tristes al amarse, lo fueron abandonando paulatinamente, hasta que fue sólo un recuerdo de los tiempos pasados. La falta de hijos tampoco fue un problema. Julián no había sentido nunca el afán de tener vástagos que cuidar, pues bastante tenía con ocuparse de su fulgurante carrera; y Clara, que desde niña había sufrido lo que era la infancia en una casa sin amor, fue abandonando la idea de engendrar descendencia conforme comprendió que su relación con Julián no era más que amabilidad conveniente por ambas partes: ella se había apartado de los asuntos de la familia, a la vez que él había entrado a formar parte importante de sus rentables negocios. Por eso Julián creyó que su matrimonio funcionaba, porque ambos se tenían el cariño de los que se sienten necesitados, de los que se apoyan el uno en el otro, parásitos de lo que solamente una persona en concreto puede ofrecer.

En cuanto a Esteban, su traición le atravesaba el pecho, le desgarraba en lo más hondo. Habían compartido tantas cosas, habían estado tan próximos incluso después de su matrimonio... Si pensaba en un éxito en el trabajo, ahí estaba Esteban. Si recordaba un momento feliz de su vida, en él encontraba a Esteban, compartiendo su alegría. Si rememoraba sus acciones menos éticas, sus más oscuros secretos, en ellos estaba Esteban, partícipe y cómplice. Encontrarlo con su mujer en la misma cama había roto con algo muy profundo, y no lograba comprender cómo había llegado a eso, por qué lo había traicionado hasta tal punto. Entonces, el teléfono móvil vibró en el bolsillo de su abrigo: Esteban lo llamaba. Dudó si responder o no. Pero, finalmente, el cansancio y el sinsentido pudieron más.

—Dime.

—¿Qué, has lloriqueado ya bastante? —la voz grave de Estaban denotó un sarcasmo que Julián pudo apreciar fácilmente—. ¿Voy a buscarte?

—Cabrón...

—Sí, sí, lo que quieras... ¿Dónde estás?

Después de enjugarse una lágrima, Julián se apresuró hasta la esquina de la calle, buscó la placa con el nombre y comunicó su paradero a Esteban. «Estaré allí en un momento», y colgó.

Julián esperó su llegada en la esquina que le había indicado, envuelto en su largo abrigo gris, con las manos en los bolsillos y el aire alicaído. Cuando Esteban lo encontró allí lo que vio fue un hombre rubio, el cabello revuelto y ondeando al viento; los ojos, azules, estaban hinchados y enrojecidos; la nariz, rojiza y pelada por el frío del tardío otoño. En ese momento, aquel hombre era un símbolo de la tristeza. Cuando Julián vio llegar a Esteban, encontró a un hombre alto, moreno, de traje y corbata; el pelo oscuro, bien cortado; la barba arreglada y la sonrisa perfecta. En ese momento, Esteban era la representación del éxito que Julián había tenido hasta ahora. Y ambos hombres empezaron a recorrer aquel paseo entre las farolas, lentamente, sin mirarse, como viejos amantes que no tienen nada que decirse porque ya se lo han dicho todo. Caminaron así un rato, con calma, por aquella avenida vacía; las hojas secas del otoño se acumulaban bajo los bancos desiertos y, a lo lejos, se oía la canción de un tiovivo solitario, con apenas tres o cuatros niños alrededor. El tráfico era también un eco lejano que no lograba nublar sus pensamientos.

—¿Por qué lo has hecho? —preguntó Julián, rompiendo el silencio.

—¿El qué? ¿Acostarme con Clara? Lo sabes perfectamente.

—No tenías por qué hacerlo —detuvo su marcha, y sus ojos azules se clavaron en el rostro de Esteban, que le devolvió una mirada de reproche—. Todo iba bien, todo iba como debía ir.

—¡Qué fácil es para ti! —escupió Esteban con su voz profunda—. Esperando siempre, conformándome con las sobras, sin poder conseguir lo que anhelaba... Y tú lo sabías, sabías que quería que dejaras a Clara libre, pero insististe y te casaste con ella. Ahora no me vengas con que todo iba bien. Ha sido así doce años, y me he cansado de esperar.

Los dos hombres se miraron uno al otro —el tiovivo sonaba a lo lejos—, con el desafío en la mirada de uno —se oía el tráfico en la distancia— y la derrota en los del otro —la risa de un niño rugió un instante—. El viento había aumentado su intensidad y ahora ululaba con furia entre las ramas de los árboles, las hojas caídas volaban de un lado al otro, rozando, lánguidas, el suelo de aquel paseo. Y Esteban lo agarró por la cintura, aproximó su rostro al suyo y besó a Julián con pasión, con rabia, como tantas otras noches en la oficina, en aquel despacho cerrado; como muchas otras veces en sus viajes de negocios, donde habían compartido una habitación individual mientras la del otro permanecía vacía; como en las tardes de fin de semana justificadas con el golf o con el fútbol; como en la misma boda de Julián, donde se amaron a escondidas, en el baño impersonal y triste del hotel del convite, donde la luz blanca del fluorescente teñía de pena su amor eterno, mientras Julián, entre besos, le decía que lo querría siempre, a pesar de Clara, a pesar de su posición, a pesar de todo. Le pidió que lo esperara, que fuera por él y para él la otra, una otra deforme y extraña, oculta en el reflejo público de la amistad, conformándose con las migajas de un amor furtivo. Mil imágenes cruzaron la mente de ambos mientras sus labios se rozaban con desesperación, con ansia y con culpa, mientras los dientes, la lengua, el paladar sentían al otro en todo su ser, en un beso que decía mucho más que las palabras y mucho menos que sus propias soledades, compartidas tantos años.

Acabó aquel triste beso, porque todo tiene un fin, y ambos recuperaron la conciencia de sí mismos, perdida en la inmensidad de su amor insatisfecho. Lentamente, Julián se separó del amor de su vida, que lo había traicionado con una mujer, con su propia esposa, marioneta dirigida por su propia codicia. Y aun así, sentía lo que había hecho Esteban como una traición.

—¿Por qué Clara? —y su voz triste sonaba a reproche.

—Porque era una forma de hacerte daño. De hacerte sentir lo que es ser el otro, el invisible, aunque fuera durante un momento.

—No era necesario...

—No, no lo era. Pero quería hacerlo —sólo en este momento, la seguridad de Esteban se resquebrajó un instante, reflejando su amargura en sus ojos de tinta— porque, cuando se ama tanto a alguien que no puede ser tuyo, hacerle daño es otra una forma de amor, quizá la única.

Hubo un nuevo silencio. Julián enterró su rostro entre sus manos.

—¿Y ahora, qué? —preguntó aquel hombre casado en un susurro; su mujer en casa, esperando su vuelta.

—Ahora, como entonces —sonrió el que había sido la otra—, simplemente tendrás que elegir.

Esteban le robó un nuevo beso, ahora en la frente, y echó a andar por el paseo que se abría ante él. Era una noche de otoño, desnuda y gris, y las farolas apenas alumbraban su paso. Entonces Julián lo observó mientras se marchaba y se dio cuenta, entre lágrimas, de que, como en una película clásica en blanco y negro, Esteban se alejaba, la chaqueta en tonos grises al hombro y la otra mano en el bolsillo, mientras las hojas también grises, en una calle ahora en *technicolor*, caían en oleadas suaves... Pero era él el que, en primer plano, lloraba por su amor y por su propia ruindad.

LA BICICLETA

Si alguien hubiera preguntado al Sr. Martínez quién era su mejor amigo, él habría contestado sin un instante de vacilación: «mi bicicleta». La bicicleta del Sr. Martínez no era esencialmente distinta a cualquier otra, ni siquiera había resultado especialmente cara: una bicicleta sencilla que había comprado a precio de oferta en un centro comercial. Era de color azul eléctrico y el brillo que tuvieran antaño algunas de sus partes metálicas se había convertido en una niebla opaca y gastada. El sillín se torcía ligeramente a la derecha y el timbre ya no funcionaba. Sin embargo, el Sr. Martínez había desarrollado un cariño especial por su bicicleta, y no estaba dispuesto a cambiarla por ninguna otra: no le gustaba decir que iba *en* su bicicleta al trabajo o al cine, sino que iba *con* su bicicleta, puesto que sentía que resultaba totalmente inapropiado considerar que usaba a su amiga; antes bien, lo acompañaba. Cuidaba a su compañera con mucho esmero, la llevaba a revisiones periódicas en el mejor taller de bicicletas que pudo encontrar, y la mantenía siempre en perfecto estado.

Hay que decir que con el tiempo esta característica del Sr. Martínez se había ido acrecentando y resultaba ya decididamente extravagante, pues daba lugar a situaciones disparatadas para todo aquel que no fuera él mismo. Se acostumbró, por ejemplo, a sentarse únicamente en bares y restaurantes que tuvieran servicio de terraza y que permitieran tener a su bicicleta azul junto a él, pues le parecía peligroso abandonarla al lado de un árbol, encadenada como un preso, a merced de golpes o de un secuestro. Si acudía a fiestas de amigos o al trabajo exigía que su bici entrara en la casa y estuviera en un lugar donde pudieran verse, porque sentía que sin él se sentiría sola. Por suerte, sus amigos aprendieron a vivir con las rarezas del Sr. Martínez, y en su trabajo ocupaba un puesto importante, por lo que nadie se atrevía a decirle que una bicicleta podía parecer a veces inadecuada. Por las tardes, al llegar a casa, el Sr. Martínez paseaba su bicicleta de una habitación a otra, según dónde necesitara estar, porque quería sentirse acompañado por ella en todo momento. Cuando se iba a dormir la situaba al lado de su cama, y así conciliaba, noche tras noche, el sueño. Por todo ello, puede decirse que el Sr. Martínez era un hombre algo peculiar.

El Sr. Martínez había comprado su bicicleta hacía ya bastantes años, y había ido envejeciendo con ella. Nunca había sido un hombre atlético, ni siquiera era aficionado a mirar deportes en la televisión, pero el ejercicio diario con su amada bicicleta lo había mantenido en forma. Con el tiempo, sin embargo, la edad fue haciendo mella en su físico, y cada vez le costaba un esfuerzo mayor pedalear de camino al trabajo, sobre todo, en las pendientes ascendentes, que le hacían sufrir mucho. Un día tuvo que reconocer que le dolían mucho las rodillas, y el doctor le dio el dictamen definitivo: no debía hacer esos esfuerzos subido en su bicicleta. Como mucho, le indicó, paseos cortos por llanos pronunciados, y sólo de cuando en cuando. El desconsuelo Sr. Martínez era imposible de mitigar.

El primer día probó a dejar la bicicleta en casa e ir en transporte público al trabajo, puesto que él no tenía coche. Sin embargo, a media mañana tuvo que regresar a su hogar: no se sentía bien y estaba preocupado por su bicicleta azul. Por supuesto, encontró su bicicleta donde la había dejado, apoyada en el sofá, con la televisión encendida para hacerle compañía, pero algo en el brillo de sus cromados le hizo pensar que se encontraba perdida y triste, después de tantos años de acompañarle a todas partes. Pasó el resto del día sentado junto a ella viendo el programa favorito de su bici azul, una serie estadounidense de gran éxito, pero ni siquiera esto hizo que perdiera su aire desamparado.

El segundo día, el Sr. Martínez se llevó con él la bicicleta a la oficina, pero no montado en ella, sino caminando a su lado, empujándola por las aceras de la ciudad. Hay que decir que su trabajo estaba a unos treinta minutos en bicicleta, por lo que tardó casi dos horas en hacer el camino a pie, tirando de un vehículo que tenía muchas dificultades para avanzar: las aceras de la ciudad estaban llenas de obstáculos, puestos ambulantes, farolas, postes de teléfono, contenedores de basura, coches mal aparcados, socavones y personas, que complicaban que el Sr. Martínez y su bicicleta azul pudieran avanzar. Al regresar intentó tomar un taxi y subirla en la parte de atrás, pero no cabía, y cuando el taxista propuso desmontarla usando una vieja y oxidada llave inglesa, decidió espantado abandonar el intento y caminó otras dos horas de camino a casa. Esa noche sintió que su bicicleta se encontraba agradecida, pero que seguía abatida por tan fracasado esfuerzo. También notó que dolían las rodillas tras las cuatro horas de caminata.

El tercer día, con gran sentimiento de culpa, el Sr. Martínez llamó a su trabajo y dijo que no podía acudir porque estaba enfermo. De esta forma podría quedarse todo el día con su bicicleta, aunque lo carcomían los remordimientos por haber mentido a su jefe, que tanto había confiado en él. No iba a ser una jornada agradable para el Sr. Martínez, pues a la culpa se unía el miedo a que llegara el día siguiente y ya no tuviera ni excusa ni solución para poder estar acompañado de su bicicleta azul. Sentado en el sofá, su bicicleta al lado, el Sr. Martínez dedicó la mañana a pensar maneras de solucionar su conflicto, y tras varias horas de infructuosos planes, el cansancio y la preocupación consiguieron nublar su mente y se quedó dormido.

Despertó varias horas después, con la cabeza algo embotada por la improvisada siesta. Ya estaba oscureciendo y su departamento se mantenía en una agradable penumbra. Su amada bicicleta se erguía junto al sofá, y junto a ella, sentado con las piernas cruzadas, un anciano lo observaba con expresión serena. Sonreía. El Sr. Martínez lo observó un rato y entonces se dio cuenta de que tal conducta podía considerarse de mala educación, por lo que decidió saludar al desconocido que se encontraba en su salón.

—No es necesario que diga nada —el viejecito se adelantó a sus palabras —. Seguramente se preguntará qué estoy haciendo en su sofá. Bien, yo tampoco lo sé muy bien. Sólo sé que usted tiene un problema en el que está involucrada su bicicleta y aquí estoy. Me dedico a solucionar este tipo de cosas. Sólo tiene que explicarme qué le ocurre.

El Sr. Martínez le contó con pesar sus dolencias en las rodillas, que le impedía pedalear, y cómo esta situación le estaba provocando una gran angustia, pues necesitaba estar acompañado por su bicicleta todo el tiempo. El hombrecillo no lo interrumpió en ningún momento, aunque su mirada alternaba periódicamente entre la bicicleta y su persona, como si necesitara que el vehículo confirmara la versión de su dueño.

—Ya veo, ya veo. Sí, entiendo, es un grave problema. Pero se me ocurre una solución: si no pedalca, sus rodillas no sufrirán daño, ¿verdad? Voy a encantar a su bicicleta. De esta forma, solamente tendrá que subirse a ella y dirigirla. Eso lo haría feliz, ¿verdad? —el Sr. Martínez asintió —. Bien, eso es lo que haremos, y no se preocupe, su bicicleta no sufrirá ningún dolor. Ahora bien, tenga en cuenta una cosa: cada vez que se baje, tiene que poner la patilla de la bicicleta. Así ella sabrá que tiene que estar quieta. Si no pone la patilla o no la sostiene con sus manos, su bicicleta no sabrá que debe parar y se irá sola. Tenga mucho cuidado con eso.

El Sr. Martínez le aseguró que sería cuidadoso. El viejecito sonrió, murmuró unas palabras mirando a la bicicleta y, sin decir nada más, desapareció. Inmediatamente, el Sr. Martínez bajó con su bicicleta a la calle, se subió a ella y, efectivamente, comenzó a andar sin que tuviera que pedalear. El Sr. Martínez estaba eufórico. Dio una vuelta a la plaza y, con gran satisfacción, regresó a casa a descansar como no lo había hecho desde hacía varios días. Tuvo mucho cuidado, eso sí, de dejar la patilla puesta, y no simplemente apoyarla en la pared. Se acostó y tuvo el más feliz de los sueños.

A partir de ese día, el Sr. Martínez recuperó su vida habitual, en la cual su bicicleta lo acompañaba a todas partes. Cada día iba al trabajo con ella, regresaba al atardecer, hacía una parada en la panadería de la esquina y volvía a casa. Cuando paraba en la panadería la dejaba en el árbol frente a la entrada, con la patilla puesta, y desde la tienda podía observarla. Era un árbol grande y frondoso, y el portero del edificio lo regaba y cuidaba con esmero. Uno de esos días, mientras el Sr. Martínez esperaba para comprar su barra de pan, el portero fue a regar el árbol. Vio la bicicleta y pensó que se iba a mojar cuando comenzara a echar agua. Así que la agarró, quitó la patilla y la apoyó en una farola, unos metros más allá. El Sr. Martínez se dio cuenta de lo que ocurría, pero cuando pudo salir ya era tarde: el portero no había puesto la patilla y la bicicleta comenzó a rodar, a rodar, a rodar, hasta que se perdió al final de la calle. El desconsuelo del Sr. Martínez era total: lloraba y lloraba, y se sentía impotente, pues no sabía qué hacer. Se sentó junto al árbol ante el sorprendido portero, que no entendía cómo la bicicleta se había ido sola, ni por qué su dueño estaba tan triste.

El Sr. Martínez sólo se tranquilizó varias horas después, cuando ya era de noche y la panadería había cerrado. Tenía que recuperar su bicicleta como fuera. Y únicamente se le ocurrió una solución: esperar en aquel árbol hasta que su bicicleta volviera. Sin nadie que la dirigiera, la bicicleta iría en línea recta y, como la tierra es redonda, en algún momento tenía que volver a pasar por allí. El Sr. Martínez se decidió: esperaría allí día y noche hasta que su bicicleta diera la vuelta al mundo y regresara al punto de partida. Así pues, se acurrucó junto al árbol y esperó.

De esta forma, los días fueron pasando, y mucha gente se extrañó al ver a un señor sentado junto a un árbol, con los ojos fijos en el horizonte, simplemente esperando. Cuando alguien le preguntaba, el Sr. Martínez explicaba su historia, sin dejar nunca de mirar el punto por el que había de regresar su amada bicicleta. Obviamente, mucha gente le dijo que era una locura: su bicicleta podía estropearse en el camino, podía hundirse en el mar, despeñarse en la montaña, perderse en las selvas, o simplemente detenerse ante un esfuerzo tal como rodear el mundo. Pero el Sr. Martínez siempre negaba con la cabeza: conocía a su bicicleta y sabía que superaría cualquier obstáculo. Pasado un tiempo, sus familiares y amigos supieron de su decisión, e intentaron separarlo del árbol. Le trajeron otras bicicletas, le suplicaron que se fuera a casa, pero el Sr. Martínez no cejaba. No se movería del árbol.

Después se enteraron los medios de comunicación, que vinieron a hacer varios reportajes del señor que esperaba su bicicleta. Por aquel entonces, el pelo y la barba del Sr. Martínez habían crecido muchísimo, su piel se había curtido al sol e incluso un par de golondrinas anidaron en su regazo, porque el Sr. Martínez no se movía del árbol, casi ni pestañeaba. Varios científicos salieron en programas de televisión explicando con cálculos muy complicados diversas hipótesis sobre cuánto tardaría en dar la vuelta al mundo su bicicleta, y qué día aparecería al fondo de la calle. La gente se hacía fotos con el Sr. Martínez, y pronto se convirtió en una atracción más de la ciudad. A alguien en el Ayuntamiento se le ocurrió poner una cerca a su alrededor y cobrar unas monedas, y en torno a él surgieron varios puestos de venta de helados, jugos y golosinas; después llegaron las atracciones, y en los contornos del Sr. Martínez se organizó una feria permanente, la feria del hombre que esperaba su bicicleta. Sin embargo, este miraba invariablemente al horizonte, ajeno a lo que sucedía en aquella plaza, y sólo repetía su historia a cualquiera que le preguntara. No se movió del árbol.

Así pasaron los meses, las estaciones, los años, y el Sr. Martínez seguía allí. Su voz se volvió débil e incluso sus pensamientos eran ya inconexos, pues solamente pensaba en su bicicleta. Su cabello se fue tornando blanco, su piel se surcó de arrugas, y en algunas de ellas germinaron plantas y florecillas silvestres, pero al Sr. Martínez ni siquiera le importaba. Los niños solían subirse a sus hombros para que sus padres les tomaran fotos, algunas jóvenes parejas se casaron junto a él, pues lo veían como un ejemplo de amor eterno; los fabricantes de bicicletas lo utilizaban en su publicidad. Todo el mundo conocía la historia del Sr. Martínez. También aparecieron personas diciendo que habían hallado la famosa bicicleta, la bicicleta azul eléctrico. Pero cada vez que llevaban estas bicicletas ante el Sr. Martínez, este negaba con la cabeza y se concentraba en mirar al horizonte, siempre al mismo punto, esperando su bicicleta. Y siguió envejeciendo junto al árbol.

La insólita situación del Sr. Martínez hacía que generalmente estuviera rodeado de gente y de ruido. Por eso se sorprendió una noche cuando se dio cuenta de que todo estaba en silencio, de que no había apenas nadie en la plaza. Era una noche muy fría y las atracciones habían cerrado antes de hora, pues apenas tenían clientes. El cielo estaba despejado y se veían algunas estrellas. El Sr. Martínez seguía mirando al horizonte, como siempre, pero repentinamente se dio cuenta de que iba a morir pronto. Se sentía débil y cansado, había pasado muchos años sentado junto al árbol —ni siquiera sabía cuántos— y ya apenas notaba su cuerpo, que hacía mucho tiempo que se había dormido junto al árbol. Lo entristecía mucho no haber conseguido volver a ver a su bicicleta. Por primera vez en años, apartó la mirada de aquel punto lejano y observó sus manos: en la izquierda crecía una pequeña colonia de setas, y en la derecha dormía un ratón. Le embargaron unas ganas terribles de llorar, pero sus ojos habían olvidado hacía tiempo cómo producir lágrimas, por lo que sólo consiguió gemir tenuemente.

Volvió a otear aquel punto lejano por donde debía haber aparecido su bicicleta, pensando que sería la última vez. Y distinguió un brillo azul en a lo lejos. Fijó su vista cansada y el punto azul fue haciéndose visible bajos las luces de la ciudad. Era ella, sí, su bicicleta azul, sentía que lo sería. La calle estaba silenciosa, ni un ruido alteraba el momento, y la bicicleta azul eléctrico cruzó la calle, pasó junto a las atracciones y los puestos de golosinas, saltó la valla y chocó suavemente contra el Sr. Martínez. Por primera vez desde que ella se fuera, el Sr. Martínez se movió con gran esfuerzo y puso la patilla de su bicicleta, que se quedó quieta, esperando a su dueño.

La miró con desesperación. La bicicleta estaba casi igual que cuando se fue: el azul eléctrico, el sillín ligeramente torcido, el timbre mudo… La notó contenta: seguro que había sido feliz recorriendo salvajemente ciudades y praderas, montañas y mares, siempre en línea recta, siempre viendo el mundo. Y se acordó de todos esos años esperándola, sentado junto al árbol, mirando siempre hacia adelante. Por fin estaba allí, junto a él, su bicicleta tanto tiempo anhelada. Había llegado ahora que se sentía viejo, muy viejo, para alegrar los últimos momentos que le quedaban.

El Sr. Martínez sonrió. Acarició el sillín de su bicicleta azul eléctrico, volvió a quitar la patilla y la soltó. Y se sentó a morir mientras veía cómo su bicicleta partía hacia el horizonte.

MAMÁ, DIME

«Mamá, dime, ¿te acuerdas del día que estuvimos en el campo? ¿Sí te acuerdas? Mi hermanito no dejaba de llorar así *buaaaa buaaaa* y entonces tú lo meciste al sol y entonces se le fueron cerrando los ojitos y se quedó dormidito así y yo lo sujeté con cuidado y lo puse en una manta sobre la hierba y estuvo durmiendo calentito al sol y tú no te despegabas de su lado y me enfadé un poco porque quería que jugaras conmigo y tú decías que no podías. Que el niño era muy chiquito y podía pasarle algo o llevárselo alguien mientras jugábamos. Así que me fui a jugar con papá. Pero no me gusta tanto jugar con papá porque sólo sabe jugar a cosas de niños brutos, a fútbol y a peleas y a correr y a jugar con el barro y no quiere jugar a las casitas hasta que ya me pongo con cara de muy muy enfadada y casi lloro y él se asusta y ya dice que jugará conmigo. Pero entonces quiere jugar a las casitas haciendo de papá y eso es aburrido porque él ya es papá, y no es divertido que haga de lo que es, yo quiero que haga de hijo para cuidarlo así como tú cuidas al bebé. De grande voy a tener muchos bebes, cientos de bebés, y los cuidaré a todos para que no lloren, pero te llamaré para que les quites la caquita porque a mí me da mucho asco y yo veo que la abuela te ayuda a cuidar de nosotros, por eso tú luego me ayudarás a mí con mis niños y niñas y no tendré que limpiarles el culo. "Eso no se dice" me ha dicho papá, y tengo que obedecerlo en eso porque no quiero ser niña malcriada, pero él tiene que esforzarse más jugando a las casitas para que yo esté contenta y no me den rabietas.

»Además papá siempre me regaña por cosas tontas como hablar mucho, dice que no paro de hablar y eso no me gusta, que me regañe por hablar, porque a mí me gusta contarle cómo juego a las casitas con mis amigas y con el perro también. Ahí en el campo no pude jugar bien a las casitas pero ya me cansé y me fui contigo un ratito y casi vuelvo a llorar porque quería jugar contigo. Entonces me encargaste que recogiera flores, unas blancas con un botón dorado en el centro que me dijiste que se llamaban margaritas, eran muy bonitas aunque pequeñitas, a mí me gustan las flores grandes y cuando encuentro una me la pongo en el pelo, como una vez que era una rosa y no sabía que pinchaba y me la puse detrás de la oreja y me hizo pupa, y me dolió y lloré. Pero es que las flores tendrían que avisar de que pinchan, y los animales que son peligrosos también, no sé cómo pero deberían».

—Muy bien, muy bien… ¿Y cómo está tu hermano ahora? En fin, doctor, dígame, ¿cómo sigue?

«Pues yo quería enseñar a mi hermanito qué flores pinchan y qué flores no, y también a saltar a la cuerda y a jugar a las casitas, pero no le iba a dejar hacer de bebé porque ya es un bebé y eso no es divertido. Ahora lo llevo de la mano a la escuela porque ya soy grande y lo puedo cuidar yo sola y a ti no te da miedo que lo lleve al colegio. Me gusta llevarlo al colegio porque las otras niñas ven que soy muy buena y ven que sé portarme bien, y les da envidia de que tenga un hermanito. ¿Dónde está mi hermanito? ¿Dónde está? No lo encuentro, le puede pasar algo, ¿dónde se fue? Mamá, mamá, ¿dónde está?»

—Ya, tranquila, ya, ahora vamos a ver a tu hermanito, ponte a colorear. Y dígame, ¿usted cree que esto dure mucho tiempo?

«Sí, sí, colorear, a mí me gusta mucho pintar. Yo pinto cosas muy bonitas en el taller, les pongo flores, y palmeras, y ciervos, y conejos, y más flores, y quedan muy bonitos y todo el mundo dice que soy una buena pintora, y también pinto jarrones y jarritas y platitos. Mira, mamá, esto pinto, los conejos los hago más chiquitos que los ciervos porque así son, aunque a mí me gustan más lo conejitos y por eso pinto más, mira, mira, así son, y también voy a poner muchas flores porque los animalitos viven en el campo, como ese al que fuimos y mi hermanito se quedó dormido y tú no podías jugar conmigo y lloré. Lo que pasa es que al final me aburro de pintar, porque solamente sé dibujar las mismas cosas y siempre uso los mismos colores. Ya no quiero pintar, ya vámonos mamá, no me gusta estar aquí, vamos con el hermanito, no le pase nada, vámonos…».

—Gracias, doctor, ha sido usted muy amable. Me voy a quedar un rato más, le veo la próxima semana. Sí, sí, ya nos vamos, espera, siéntate aquí. ¿Quieres merendar?

«¿Merendar? Sí, vamos a merendar, yo quiero chocolate, me gusta el chocolate con pan. Eso merendábamos todas las niñas de mi calle, chocolate y pan, y nos íbamos a la calle a comerlo y estaba muy rico. Lo que pasa es que la hija del vecino siempre tenía pan con jamón, qué rico el jamón, en casa no hay jamón, ¿no, mamá? Y a ella le gustaba más el chocolate y pues yo entonces le decía "te cambio el chocolate por el jamón" y me lo daba y me lo comía, está muy bueno el jamón, mamá. Y la hija del vecino, la que tenía jamón para merendar, era muy muy guapa, no sé dónde está, y le decía a su papá cuando estábamos todas "¿quién es la más guapa del edificio?" y el papá le decía "tú, pero también la más sinvergüenza" y todas nos reíamos mucho, porque era muy rara esa niña, muy guapa pero muy rara, y a veces nos miraba mal y otras nos pedía el chocolate. Me gusta el chocolate. Mamá, vámonos al campo y comemos chocolate. Mamá, dime, ¿te acuerdas del día que estuvimos en el campo? ¿Sí te acuerdas? Mi hermanito no dejaba de llorar así *buaaaa buaaaa…*».

—Está bien, mamá, está bien… No entiendo casi nada de lo que dices… Disculpe, enfermera, ¿puede llevar a mi madre a su habitación? Yo ya me tengo que ir.

—Sí, claro, ahora mismo la llevo.

—¡Ah! Y una cosa: le traje un par de pantalones nuevos, los marqué con su nombre para que no se perdieran. A ver si se los pueden poner de vez en cuando, que siempre me la traen con los mismos. Que ella no se dará cuenta, pero yo sí.

—Sí, señora, ahora cuando la lleve a su cuarto los busco entre sus cosas, aquí en la residencia nada se pierde.

—Mamá, mamá, dame un beso, ya me voy. Mamá, deja ya de hablar y mírame. Vendré a verte la semana que viene, pórtate bien, ¿me oyes? Bueno, dame un beso, mamá. ¿No me quieres dar un beso? No soy tu madre, soy tu hija, tu hija, ¿comprendes? ¿Sabes quién soy? Mamá, dime: ¿quién soy?

A mi abuela Juana

LOS NOMBRES

A embestidas suaves y rosas, la madrugada te iba poniendo nombres:
Sueño equivocado, Ángel sin salida, Mentira de lluvia en bosque.
Al lindero de mi alma, que recuerda los ríos,
indecisa, dudó, inmóvil:
¿Vertida estrella, Confusa luz en llanto, Cristal sin voces?
No.
Error de nieve en agua, tu nombre.

Rafael Alberti

¿Cómo se llama? No es que importe en este momento. De hecho, es decididamente irrelevante. Pero me fastidia haber tenido sexo con alguien, estar a su lado en la cama, en mitad de la noche, y darme cuenta de que no me acuerdo de su nombre. No sé, tiene un aire de superficialidad que no puedo admitir: es cierto que la he conocido hace unas horas; y, de acuerdo, a la segunda copa ya se dejaba manosear lascivamente; y sí, es verdad, la he subido a casa sin miramientos y lo hemos hecho a lo salvaje, apasionadamente; pero todo ello… sin recordar su nombre. Ahora, mientras duerme plácidamente a mi lado, su respiración en mi hombro desnudo, no consigo conciliar el sueño porque no recuerdo cómo narices se llama.

La mayoría de las chicas le da demasiada importancia a los asuntos más triviales, pero estaría de acuerdo con ellas en que no recordar su nombre no es un asunto trivial. Sin embargo, «¿qué vale un nombre?», decía Julieta en el balcón, sin saber que Romeo la escuchaba; «lo que llaman rosa con otro nombre olería igual», continuaba. En mis continuas relecturas siempre he ensalzado este pasaje, recreándome en la valoración de los amantes más allá de sus circunstancias, de sus etiquetas, de cómo se llaman o cómo los llaman. Ella era Capuleto; él, Montesco, y ambos invocan el olvido de sus nombres para disfrutar sin trabas de las galas que poseen. La mujer que duerme a mi lado es hermosa, sí que lo es: su cabello negro, liso, cae a borbotones sobre sus hombros finos, que enmarcan un cuello esbelto y maravilloso, que hace unos minutos mordía con placer. Su rostro ovalado esconde bajo sus párpados unos iris oscuros y misteriosos. He adorado sus manos esbeltas y elegantes también, con esos dedos largos de pianista y esas uñas recortadas en su justa medida, pintadas de un rosa nacarado. Sus pechos son redondos, son perfectos; su vientre es terso, con un ombligo rosado que presagia otros mundos rosas... Y qué decir de sus piernas, cruzadas cómodamente ahora a lo largo del sueño, acabadas en dos pies pequeños, fetiches efímeros de una hora atrás... «Te tomo la palabra: llámame "Amor", bautízame de nuevo», contestó Romeo. Y eso he hecho yo a lo largo de esta noche: la he llamado "cariño", le he dicho "amor", la he definido de tantas maneras...

¿Qué importa el nombre por el que respondía a mis argucias? ¿Por qué ha de quitarme el sueño? Esta noche la he amado por su belleza, no por su nombre, y no debería darle una importancia que no tiene al hecho de no recordarlo.

Aunque, en realidad, ¿puedo decir que la he amado esta noche? La he conocido hace unas horas, apoyada en la barra de un bar. La he mirado con descaro, esperando que se diera cuenta y me facilitara el ataque. Y ha caído en la trampa: una mirada, una sonrisa y el inicio de la conversación. Al principio sólo hablaba yo, ella sonreía y asentía a mis comentarios, reía mis bromas, seguía mis argumentos. Ella se ha dejado invitar, yo no he permitido que fuera solamente a una copa. En la siguiente ya me dejaba rodear su cintura, masajear sus hombros, rozar su cuello con los dedos... Se ha ido soltando y me ha contado algunas cosas suyas: vive con sus padres, acaba de terminar la carrera, busca trabajo. Todo su ser rebosa juventud. Nunca había venido a este bar, nunca sale sola, pero ha decidido hacerlo hoy: su "nunca" sonaba a "de vez en cuando". Mas no importa. Poco a poco nos hemos ido excitando conforme transcurría la noche, las confidencias se han hecho menos inocentes, más sexuales. Me enseñaba sus labios entreabiertos, el ápice de la lengua entre sus dientes blancos, como el de una serpiente vestida de Eva. Y la he besado, fundiendo mi boca con sus labios carnosos, suaves, apetecibles, la manzana roja del Edén.

Después, todo han sido más besos, múltiples manos recorriendo nuestros cuerpos, la cuenta pagada con prisa a una camarera de sonrisa irónica, abrazos sin cariño, solo con lujuria. Una señora mayor que paseaba a su perro se ha escandalizado cuando hemos pasado junto a ella rozando nuestros sexos bajo la ropa, intuyendo lo que vendría tras el paseo hasta casa. Su espalda ha pulsado todos los pisos del ascensor y hemos subido a trompicones, entre ruidos salvajes y roces obscenos que deseábamos sin mesura. Ángel por lo divino de sus facciones, la he llevado —¿o me ha llevado?— al infierno de las más bajas pasiones; mis dedos han recorrido su ser sobre las sábanas de raso de mi cama, tálamo en absoluto nupcial, lecho que nunca ha sido conyugal. A lo largo de la noche la he deseado, la he cortejado, conseguido y disfrutado... pero no recuerdo cómo se llama. ¿Recordaría su nombre si la amase? ¿Un ser sin nombre puede ser amado? ¿La quise realmente? ¿Puedo llamar "amor" a lo que ha sido sexo? ¿Y no son "sexo" y "amor" sólo otros nombres?

¡No puede ser! ¡Ya llevo más de dos horas con este tema! ¿No me he dado cuenta ya de que un nombre es sólo un nombre? ¿No he asumido ya que lo que hemos tenido esta chica y yo no es más que sexo, y no tiene ninguna importancia? Total, ¡si antes ya ha habido muchas otras! ¡Tantas otras! No puedo quejarme de mis dotes de seducción... Muchas subieron desde el mismo bar, fueron en el mismo ascensor, durmieron después en la misma cama. A otras no las conocí allí, eran compañeras de trabajo o amigas de amigas. A la mayoría no las quise nunca, a veces duraron varias noches, de algunas —pocas— me encapriché. No sé si podría llamarse amor. Pero no se quedó en una única noche, y nos encontramos de nuevo para otras cosas: tomar café, ir al cine, ir a cenar, dormir sin sexo... En esas ocasiones, las disculpaba: qué tontas románticas, no pueden vivir sin estos pequeños gestos, qué fácil es tenerlas contentas. ¿Cuántas han creído en mi sensibilidad mientras yo las trataba, en secreto, con condescendencia, como quien lee un relato a un niño pequeño y sabe que su ilusión es desproporcionada para tan poco esfuerzo? Y me llamaban cosas como "cariño" o "cielo", y yo pensaba... ¿cómo pueden darme ese nombre? ¡No soy más que una farsa, que un cuento! ¡No merezco tales elogios! ¡Debería sentirme culpable! Y, sin embargo, ¿es eso lo que siento? No, en realidad, no; si me analizo con sinceridad noto cómo el orgullo me invade. La vanidad, sí, la vanidad de saberme insustituible para ellas, percibir su dependencia hacia mí, su amor, bien o mal entendido, alimentaba mi ego como el helio inflama un globo de feria. ¡Es tan placentero vivir el éxito fácil!

¡Con cuidado, con cuidado...! Me he dejado llevar por la euforia de mis pensamientos y casi la despierto. Se ha movido y ha cambiado de postura. Su brazo descansa ahora alrededor de mi cintura; ha murmurado algo y sigue durmiendo a mi lado, no parece que vaya a despertarse... Quién pudiera dormir como duerme ella, sin preocupaciones, sin angustias tontas por el olvido de un nombre...

Pero, por otra parte, ¿por qué hay que recordar los nombres? Hay nombres que nos recuerdan algo doloroso, como el nombre de ese familiar que murió enfermo, de aquel amigo que murió en un accidente grave, de un padre o una madre que nos dejaron por el simple motivo de que nadie vive para siempre. En esos casos el dolor acompaña al recuerdo del nombre, pero sería inconcebible querer olvidarlo. Han formado parte de nuestra vida y, en muchos casos, lo más real que nos queda es un nombre. Es lo que le ponemos a las fotos que quedan, a las brumas de la memoria y las historias que contamos a los amigos durante las confidencias. El nombre, en estos casos, se convierte en el eslabón que une un trozo del pasado con nuestra existencia.

Hay otra clase de nombres que tampoco pueden olvidarse. Tampoco merece la pena hacerlo, ni querer que suceda. Son los nombres de aquellos que odiamos, y los odiamos porque nos hicieron un daño infinito, irracional, que nunca podrá ser reparado. Jamás se olvidan los nombres de aquellos que nos maltrataron en el colegio, haciendo de nuestra vida un infierno del que sólo se puede salir huyendo. Nunca se difuminan las letras del nombre de aquellos que nos denigraron en el trabajo, martirizando nuestros días, aprovechándose de que en este caso no nos queda la opción de la huida, porque es necesario aguantar para nuestra propia supervivencia. Es imposible borrar los nombres de los que abusaron de nosotros, de nuestra confianza, de nuestra inocencia, porque esos nombres están grabados en nuestra alma con el cincel del odio. Nos humillaron, nos hundieron, nos desfiguraron en lo más profundo, y la respuesta humana es odiar. Cuando aparece una de esas personas que perdieron a un ser querido en manos de un violador, de un asesino, de un terrorista, de un suicida, y dicen que no sienten odio, no las creo. ¡Hipócritas! El odio es lo único que nos permite no volvernos locos en esas situaciones. Pero algunos ponen cara triste y dicen que quieren olvidar... ¡Cómo si pudieran! Nadie puede olvidar cuando siente que algo se desgarra en lo más hondo. Esos nombres que hacen daño seguirán allí, instalados, anidados en esos corazones huecos. Sólo asumiendo que ese odio existe puede superarse. Solamente aceptando que no podemos ser buenas personas con los que nos han provocado el rechazo y el dolor más absolutos somos capaces realmente de observarlo sin que nos mate por dentro.

Y luego están esos otros nombres... Ese otro nombre. El que quiero olvidar por todos los medios, sea como sea. Llegó de manera similar a las otras chicas, y jamás hubiera pensado, mientras la invitaba a una copa, que ella me haría vivir de una manera diferente. Pero a veces las cosas son así, aparece alguien que despierta algo dormido y, además, crees que eso mismo le ha ocurrido a la otra persona. Así fue en mi caso y, aunque suene cursi, me enamoré. Lo deje todo por ella, y su nombre, que ahora me niego a recordar, pero no puedo olvidar, se convirtió en el centro de mi vida. Creí en ese amor eterno que tantas veces había leído y del que siempre había renegado, porque asumía que el amor para siempre era en realidad una acumulación de costumbres, de rutinas, de habituarse a los pequeños gestos del otro mientras te sorprendes de que la otra persona conozca los tuyos. Eso era el amor eterno para mí hasta que la conocí, y su nombre me acompañó durante años. Puedo decir que fui feliz, aunque nunca se puede ser feliz por completo. Pasamos por momentos buenos y malos, pero me enorgullecía pasarlos juntos.

Es cierto, no obstante, que no puedo decir que lo hiciera todo bien. Por ejemplo, no pude serle fiel. La fidelidad no está hecha para mí, y nadie puede culparme por ello. Hubo otras, pero siempre estuvieron por debajo de ella. Al principio pensé que podría evitarlo, y la tuve un tiempo en exclusiva. Pero, poco a poco, y aunque la quería, pudo más la excitación. Aprovechaba sus salidas de trabajo, sus citas con las amigas, sus momentos para ella. Y me iba a los bares que sabía que no frecuentaba, los lugares más recónditos, a vivir de nuevo el juego de la seducción. Siempre era un proceso similar. Conocía a una chica y, mientras intentaba conquistarla, iba comparando cada una de sus facciones, de las partes de su cuerpo, con las de Ella: una tenía unos dedos parecidos; otra, una nariz semejante; aquella tenía una mirada muy diferente, pero igual de dulce; la de aquel entonces, unas piernas igual de esbeltas... Meras sombras sin nombre, después íbamos a una habitación de hotel y teníamos sexo. Solía ser divertido, pero también rutinario: una vez acabado el hecho de conquistarlas, el sexo con ellas no era más que un trámite. Yo ya lo tenía con alguien a quien amaba, y no necesitaba más. El sentido de mis infidelidades no era sexual. Entonces, ¿por qué lo hacía? Porque lo que yo quería era que sucumbieran, lograr que me dijeran: «Sí». Ahora me doy cuenta de que todos mis flirteos no son más que la necesidad de repetir una y otra vez el proceso de conquista, incesantemente, sin conseguir más que una falsa felicidad momentánea, para luego tener que volver a empezar.

Aun así, en aquel momento no pensaba todo esto, y vivía mi doble vida en secreto, adorando a mi diosa y retozando con las otras, apenas pálidos reflejos de aquella cuyo nombre no puedo olvidar. Sin embargo, llegó el fin, y no fue más que la consecuencia de mis propios actos: lo descubrió. No importa cómo ni por qué: supo de la negrura de mi alma y decidió abandonarme. El sufrimiento fue inmenso, porque no provenía sólo del dolor de su marcha, sino también del hecho de no poder sentirme culpable por lo que yo había provocado. A veces creo que en mí opera una especie de Sísifo, una manera de castigo divino eterno, un ciclo imposible del que no se puede escapar, y no podía sentirme responsable de ello. Y el dolor fue aún más intenso cuando ella me explicó que jamás había hecho lo mismo que yo. Ella me había querido sin dobleces, sin mentiras, y había asumido que yo la amaba de la misma manera. Quise decirle que era lo mismo en mi caso, que el haber tenido otras mujeres no significaba que no la amara sin medida. Pero, ¿cómo luchar contra semejante devoción, cuando yo nunca había querido decírselo? ¿Cómo explicar no la necesidad de tener a otras, sino la falta de entrega, la soberbia de considerar que ella no me entendería? ¿Cómo reconocer ante alguien que te ha confesado que te quería como a un igual que la habías amado intensamente, pero nunca habías compartido con ella una parte de tu ser? Creo que eso es lo que más le dolió, lo que realmente hizo que me dejara, y lo que nunca podría haber refutado: jamás confié en que me pudiera amarme si hubiera sabido cómo soy.

Es por ello que aún esta noche, en la que el nombre olvidado de una chica no me deja dormir, otro nombre sigue, indeleble, grabado en cada fragmento de mi ser, quemándome eternamente, en otro castigo eterno. Es un nombre asociado a un recuerdo, el de la mejor época de mi vida, el de la mujer que lo fue todo para mí. Reconozco que escucharlo en otros labios, incluso designando otras personas, me induce a las lágrimas. Antes buscaba nuevas amantes para sentir que las conquistaba; ahora las persigo para llenar el vacío que aquel nombre me provoca. Los senos, las piernas, las manos, los dientes, la voz, los gestos, remiten siempre al eterno nombre, al nombre que se ha convertido, entre todos los nombres, en el centro de mis pensamientos, de mis actos, de mi memoria, en una vida insufrible encadenada a los recuerdos, a los terribles recuerdos, en una vida desapasionada en la que el futuro no es más una búsqueda incesable de una sombra. Dicen que no hay nada peor que el olvido, pero yo creo que, en algunos casos, es aún más terrible no poder olvidar.

Está amaneciendo, y aún no he podido dormir. Ya ni siquiera lo intento. Las lágrimas siguen fluyendo incansables por mi rostro y mi garganta ahoga los gemidos que no quiero dejar salir, porque una chica sin nombre duerme a mi lado, ajena a todo el sufrimiento al que el hilo de mis pensamientos me ha llevado a lo largo de la noche. Una noche llena de nombres olvidados, nombres odiados, idolatrados e inolvidables; tantos, y siempre, nombres.

De repente, la chica del nombre no recordado se estremece y entreabre los ojos; el sol del amanecer y mis propios movimientos y sonidos la están despertando. Mira desconcertada, intentando ubicarse en un entorno que inicialmente no reconoce. Bosteza, se estira, y entonces me observa. Ve mis lágrimas, mi cara hinchada por la falta de sueño y mis ojeras.

— ¡Estás llorando! ¿Estás bien? Venga, cuéntamelo... Esto... ¿Marta? ¿O era María? Mujer, qué tonta soy, ahora no me acuerdo…

Y yo la miro, entristecida, y no puedo menos que sonreír. Porque ella tampoco recuerda mi nombre.

VITA THEATRUM

La vieja actriz se mira en un espejo de mano surcado por una enorme grieta que rasga su pulida superficie, y no sabe si lo que ve son arrugas o diminutas esquirlas desprendidas de esos bordes astillados de esa herida cristalina. Un antiguo camerino la envuelve: apolillados trajes, destartaladas pelucas y avejentados elementos de *atrezzo* comparten un espacio enrarecido en el que el silencio se cuela por debajo de las puertas.

Es lunes, el teatro está vacío. En esta pequeña sala de un barrio periférico no hay función más que los fines de semana: apenas sobreviven realizando montajes sencillos, donde *minimalista* significa *sin presupuesto*, donde los actores se esfuerzan en reflejar la pasión escénica ante unos espectadores escasos y conformistas. Los focos y las luces, ahora en reposo, hacen temblequear su mortecina luz durante las distintas actuaciones; algunos, ya muy usados, no pueden sino parpadear débilmente al son de las declamaciones y los gestos. Las gastadas tablas del escenario han recibido tantas y tantas pisadas a lo largo de su extensa vida... En la penumbra, el recinto es el mortecino reflejo de la decadencia, aunque, en cierta forma, un teatro vacío es siempre una imagen de la muerte.

La vieja actriz se ha colado en el teatro. No ha sido muy difícil. No hay nadie vigilando las entradas. Recorre las estancias del edificio y sus pasos resuenan por los pasillos. Se detiene en el diminuto camerino a contemplar el vestido que utilizará en su última función, el próximo domingo. Ayer mismo cubrió su delgado cuerpo ante un público que no llegaba más allá de la tercera fila. Repasa sus encajes, sus gasas desgastadas, los puños que del uso amarillean. En su mente concurren las palabras de esa obra, y de la anterior, y de las muchas que las precedieron a lo largo de una dilatada carrera llena de sinsabores.

Y llega al escenario, el centro de la escena que es su vida. Enfrente, los asientos vacíos, de aspecto antiguo y fantasmal, observan el eterno retorno de una obra de teatro día tras día. Silenciosos, se erigen en el público más fiel y menos exigente. La vieja actriz los mira atentamente e imagina lo que nunca tuvo: un lleno total, un público eufórico, presa de la catarsis, que rabiosamente la aplaude, puesto en pie, ocultando esas butacas silenciosas que han observado siempre sus actuaciones.

En el centro del escenario, un piano, necesario en la obra que está cerrando su vida teatral. Levanta la tapa y prueba a tocar unas notas al azar, que suenan temblorosas en los ecos de la sala vacía. Hace tiempo que no ha sido afinado, y es viejo, como ella misma. Se diría que son compañeros. La vieja actriz sonríe por primera vez ante su ocurrencia. Mas pronto calla, y sube, en silencio, a la silla ante el piano; después, al piano mismo. Desde la cima de aquel instrumento mira a un público fantasma, inexistente, fiel. Una vida en el teatro en la representación de la vida. Decidida, saca la cuerda del bolso, la cuerda con nudo corredizo; la enlaza en la viga que sostiene los focos y, tras una última mirada a las butacas silenciosas, se lanza hacia ellas en un salto al vacío.

Tras el silencio, el público ovaciona a la vieja actriz que, sonriente, se inclina ante él al frente del escenario.

ESTA CRIATURA MÍA

No puedo dejar de mirarla, es imposible. ¿Quién es esa criatura amorfa que me visita? ¿Por qué se me aparece sin remedio, día tras día, condenándome a sufrir hasta el llanto por el puro terror de verla observándome?

No es violenta. Nunca me ataca. Simplemente está ahí, regodeándose en el cúmulo de sensaciones pavorosas que me provoca. Sabe que va a ganar. A veces me mira con un punto de lástima que se pudre en la cuenca de sus ojos cadavéricos hasta convertirse en desesperación. Unas cuencas desacordes con el resto de su cuerpo, que es voluminosamente deforme, como un gigantesco saco de carne podrida. Incluso puedo sentir que a través de su piel emana un insoportable hedor, como si la mugre y la suciedad recorrieran su grasiento cuerpo por debajo de su fina capa de piel pálida.

Todo en esa criatura es enorme y antinatural, y se deforma al mínimo contacto con la mirada. Sólo con observar los dedos de sus manos, estos inician un crecimiento aterrador: se inflaman de manera atroz hasta que se convierten en una especie de masa de infecta carne de monstruo que destila grasa y purulencia a través de lo que en un apéndice corporal normal hubieran sido las uñas. Si, con espanto, dirijo mi mirada a sus piernas, estas comienzan a engordar rápidamente en torno a las rodillas, hasta convertirse en pilares bamboleantes que apenas pueden soportar aquella mole pavorosa. El cuello se pliega como un macabro acordeón de pliegues de piel y carne, el abdomen crece y se derrumba sobre su sexo a una velocidad vertiginosa. Únicamente sus ojos con apariencia de cadáver continúan interrogándome en medio de su asqueroso rostro inflamado.

Es entonces cuando asumo la victoria de la criatura, mi derrota, que ella y yo conocemos de antemano, y de la cual no sé si alguien me ayudará a escapar alguna vez. Aparto la mirada del espejo, me agacho junto al retrete y dejo que mis dedos intenten arrancar de mí a ese monstruo que me está matando día a día.

SE QUERÍAN

Día, noche, ponientes, madrugadas, espacios,
ondas nuevas, antiguas, fugitivas, perpetuas,
mar o tierra, navío, lecho, pluma, cristal,
metal, música, labio, silencio, vegetal,
mundo, quietud, su forma. Se querían, sabedlo.

Vicente Aleixandre

Estaba claro que, en aquella tarde de junio, tras los cristales de un bar cualquiera, se querían. No como se quiere a alguien que se ama desde niño, cuando la fuerza de la sangre y el cariño continuado deja un sedimento de un cierto amor de familia. Tampoco como un amor viejo, fruto del tiempo y la rutina, hecho de pequeños gestos que traslucen un conocerse antiguo y una costumbre adquirida. No. Se querían, sabedlo, como un viento que agita con maravillosa furia las hojas de los árboles.

Ella lleva su blusa nueva y una falda por la rodilla. Negra, «que hace más delgada y alta». Tacones ligeros, aunque sólo en apariencia; el pelo suelto y rizado, melena de fuego, «tendría que habérmelo alisado». Mueve las manos cuando habla, lo toca con ellas cuando ríen juntos alguna broma, y entonces brillan sus uñas, limadas, brillantes, estudiadas, perfectas. Juguetea con sus bucles cuando está nerviosa, sonríe histérica, mueve las manos, se inclina hacia delante para beber un sorbo de café si no sabe qué decir.

Él la mira entre la curiosidad y la picardía adolescente del inicio del flirteo. Camisa blanca, «que siempre queda bien», pantalones oscuros, nada de corbata. Se ha peinado con más gomina que de costumbre. Ya no tiene las hechuras de los quince años, pero se cree galán, conquistador, y por eso bromea jovial, responde a sus caricias furtivas, y la continúa mirando incluso al sorber su café, a través de la taza.

Nosotros, los otros, que compartimos el espacio de aquel bar desde el que se ve el cielo azul de junio, los vemos y sonreímos, «qué bonito es el amor», y observamos furtivamente, con un punto de envidia, cómo intentan, sutiles, rozar sus pies bajo la pequeña mesa. Contacto, contacto. Ella se ha sonrojado, él sonríe divertido, ambos parecen pensar que el otro es maravilloso, y los otros, en silencio, nos damos cuenta de que se quieren, y pensamos en los amores perdidos y en los que están por venir.

Así, el mundo se ha detenido en aquel instante de junio. Se ha detenido el mundo, que no el tiempo, y la tarde comienza a decaer: el azul fue rosa, pasó la aurora «de sonrosados dedos», Homero *dixit*. Es la hora de las confidencias. «Antes era un golfo, pero ahora quiero algo diferente», «Eso se lo dirá a todas»; ambos ríen el comentario, «No, mujer, lo digo en serio». Emocionada, ella lo escucha y lo comprende. Lo entiende, porque ella también lo ha pasado mal, y porque él le está acariciando la rodilla. «Nunca dejaría escapar una mujer como tú», se le oye decir en aquel bar. Ella le confiesa entonces que lee esas cursis novelas de amor de las que se venden en fascículos en los quioscos, y que va al psicólogo una vez cada quince días, porque sufre angustia existencial. «No debería sentirte angustiada, sino querida»; «Está claro que eres un golfo», y ambos ríen de nuevo.

Ha caído la noche sobre junio, la ciudad les oculta las estrellas que ambos saben que están allá arriba, y ya van por el tercer cóctel; toda la tarde en ese bar cualquiera, frente a nosotros, los que, ignorados, estamos pendientes de sus avances. Ella está un poco achispada; él, definitivamente contento. Las lenguas se sueltan: «Me gustaría hacerlo en un jacuzzi», «Llevas toda la tarde mirando el escote de mi blusa», «Te deseo», «¡Qué cosas tienes!». Suena música en el bar y algunos se han animado a bailar, ellos lo intentan también. Mueven sus cuerpos probando a seguir el compás de la melodía con más interés que gracia. «Eres un patoso», «No siempre, no siempre…». Surge una canción salsera, se agarran, giran y se tocan, las caras muy cerca; los sexos, también, a través de la ropa. No importa la torpeza, importa el momento, y se besan, allí, en medio de un bar cualquiera en una noche de junio. Los otros los miramos, pero no les importa, y se dejan caer en uno de los sofás del bar a amarse en besos, a mirarse y sonreírse, como dos chiquillos, como dos adultos. Ella ríe a carcajadas alguna obscenidad, o no, que él le susurra al oído y que nunca sabremos, o que siempre supimos. Él deja que juegue con el botón de su camisa blanca y roce su pecho; ella, que él coloque la mano en su cintura y se acerque peligrosamente al muslo. De repente, pagan la cuenta, recogen sus cosas (con prisa, pero entorpecidos por las miradas y los besos, las sonrisas) y salen, abrazados, por la puerta del bar cualquiera hacia la noche clara de junio, bajo las estrellas que no pueden verse. Todavía se les ve a través de los cristales, y se besan, se besan adorándose, con la pasión de la primera vez a pesar de todas las otras veces. En esa noche de junio se querían, sabedlo.

Estaba claro que, en aquella tarde de junio, tras los cristales de un bar cualquiera, se querían. Eso es lo que le confiesa ella a una amiga una mañana de octubre, en el mismo bar cualquiera, mientras los demás compartimos su conversación de forma discreta. «Estuvo encantador, divertido, pasional». Le había llevado a un hotel, habían abierto champán, y había hecho el amor entre risas. Habían sido felices. Después durmieron abrazados, totalmente abrazados, como dos imanes sin fisuras. Desayunaron juntos, se miraron cómplices. «Creo que lo quiero», confiesa.

Él se lo cuenta a un colega en la tarde del mismo día de octubre, en el mismo bar cualquiera. «Fue sensual, *sexy*, arrolladora, apasionada». Fueron a un hotel e hicieron el amor, «no era simplemente follar, era otra cosa», y se abrazaron totalmente, como dos imanes sin fisuras. Por la mañana ella tenía el pelo revuelto y corrido el maquillaje e, incluso así, «me gustaba, joder». La quería, le dijo a su amigo, y los que lo oímos pensamos que era cierto.

Ahora bien, ella le explicó a su amiga que un día, sin venir a cuento, discutieron. ¿Por qué fue? No importa. «En realidad, fue un poco egoísta, no se puso en mi lugar, no me entendió». Según su psicólogo, puede estar desestabilizándola y quizá él necesita también sesiones (previo pago, eso sí, de la cuota correspondiente). A la noche siguiente, en el mismo bar, ella lo propone. «¡Ni que estuviera loco! No me hace falta»; «¿Me estás llamando loca?», y están dos días sin llamarse ni dirigirse la palabra.

Sin embargo, al final, se llamaron, le dice él a su amigo días después. «Ha sido una tontería, no debería alterarme tanto. Es lo mejor que nunca he tenido». Y quedan de nuevo en aquel bar, en el que nos comparten su historia. Nada más verse, se abrazan de nuevo como imanes sin fisuras. Seguramente acabaron en otro hotel y volvieron a amarse con pasión, como otra primera vez. Todo habrá sido círculo, perfección, sublimación de la existencia. No obstante, a la mañana siguiente, ella volvió a estar con el pelo revuelto y el maquillaje corrido. «¡Qué distinta de anoche!», pensó él. Por su parte, ella ha renovado su amor, no lo quiere: lo ama. «Quererse, qué verbo tan vulgar». Sin embargo, cuando se levantan por la mañana, echa de menos las miradas cómplices en el desayuno, nota el cerco del cansancio alrededor de sus ojos. «Trabaja demasiado, pobre», y no le dice nada, porque pronto vuelve a hacerle bromas, a darle una palmadita en el trasero al pasar, «¡Cómo te atreves, tonto!», y lo sigue amando.

Ahora bien, continúa él, ella tiene sus defectos. Lo llama a cualquier hora del día para preguntarle cosas que, al principio, le parecían locuras divertidas, pero que luego, bien pensadas, eran simplemente tonterías. Él es un hombre ocupado, tiene responsabilidades: «Ya sabes, no puedo estar por ella al cien por cien». Y ella pide atenciones continuas... «¿Cuánto me quieres, amor?», «¿Nos vemos a escondidas en tu trabajo?». Su amigo le dice: «Yo no te lo quería comentar, pero te está complicando la vida, como sigas así será un desastre». Y él comienza a creer que tiene razón, y los otros, los que seguimos su historia, pensamos que quizás sea cierto.

Claro que, por parte de ella, también hay problemas. Ella, como él, trabaja y tiene responsabilidades, y, sin embargo, siempre encuentra un momento para que puedan verse. Propone ir al cine, a un hotel rural lejos de la ciudad, salir a compartir el cielo azul de junio... «No me apetece, estoy cansado... ¿nos vemos en un hotel del centro?». Ella sonríe y le dice que lo entiende; lo piensa y considera que no es justo: para el sexo, en cambio, siempre tiene ganas. «No me malinterpretes, a mí me encanta, es genial». Pero le fastidia ser sólo eso, el sexo seguro, fácil, ocasional. «No te lo quería decir, pero a mí me ha mirado el culo y el escote más de una vez», comenta su amiga. Y ella le resta importancia, le dice que será su imaginación. «Además, tampoco es algo serio, no puedo exigirle nada; él a mí, tampoco...». Aunque comienza a pensar que seguro que es así, y nosotros, los otros, pensamos lo mismo.

De esta forma continúan ellos su historia, quedan otra vez en el mismo bar cualquiera, una tarde de noviembre, y se aman con recelo. «Mírala… Parece que me creyera suyo», «¿Qué seré yo para este tipo?», «Esta qué quiere, ¿atarme a estas alturas?», «¿De qué estará cansado, que no tiene ganas de nada?». Nosotros, los otros, que compartimos aquel bar, los miramos y, si no los conociéramos, pensaríamos que no se querían. Sus cuerpos están erguidos, él mira alternativamente a los cristales y a sus manos; ella, a su taza y al periódico que hay sobre la mesa. «Hoy ha sido un día horrible», «No sé si podré venir pronto de nuevo». El *tú* y el *yo*, el *nosotros*, han marchado de su conversación. Tienen miedo de pronunciarlos, porque entonces serán vulnerables («Es que tú...»); porque entonces tendrán que decir la verdad («Es que yo...»). Y no se comunican: se hablan sin escucharse, mientras los otros sospechamos que quizá se querían, pero ya no se quieren.

Entonces, surge la chispa, pero no de amor, ni de deseo, sino de desencuentro. «¡Eres un insensible!», «¡Cállate, loca, me estás agobiando!», «¡He tenido perros más interesantes que tú!», «¡Bruja, eres una amargada!». Ambos piensan que el otro quiere herirlos, sin fijarse en que ellos intentan herir al otro. Confunden la verdad con el ataque, son dos águilas enzarzadas, entregadas a arrancarse las plumas. «¡No entiendo qué vi en ti!», «¡Pues lo que yo he visto es tu maquillaje de payaso por las mañanas!». «¡Eres un golfo, un baboso!», «¡Eres una loca, vete a la mierda, con tus novelas de amor por fascículos!».

Los dos salen del bar, se gritan en la calle, y se continuarán gritando en sus propias casas, a pesar de estar separados ya. Y no entienden por qué estuvieron juntos, qué vieron en el otro, qué era aquel amor. Incluso a altas horas de la madrugada, cuando los somníferos no les ayuden a dormir, llorarán su mala suerte, en la oscuridad de los pasillos y el silencio de sus casas tristes, y creerán que el amor es un desatino, una locura, «una mierda, eso es lo que es».

Ahora bien, nosotros, los otros, aquellos que compartimos ese bar cualquiera en esas tardes de junio, octubre y noviembre; los que sentimos envidia mirando sus gestos y los recibimos en el hogar tras su derrota, los que los espiamos cada tarde porque conocíamos sus andanzas a nuestras espaldas y escuchamos sus susurros, sus palabras y sus gritos, los que juramos convivir con ellos en lo bueno y en lo malo y seguimos encadenados a esa promesa, conocemos la verdad. Se querían, sabedlo.

SELECCIÓN INNATURAL

Mi existencia se reducía a un eterno ciclo de dolor que se repetía una y otra vez. En cada una de ellas, tras la salida de la prisión que me ha ocultado y comprimido durante un tiempo incuantificable, me retuerzo en la agonía de mi nimia esencia. A mi alrededor, otros como yo se dedican a mover sus cuerpos entre ruinas decrépitas, testimonios de nuestra vida exigua. Durante un tiempo demasiado corto me arrastro lastimosamente por los lugares más recónditos intentando aferrarme a esta forma de existencia, y sólo con fatigas me proveo del sustento que me permite conseguir lo que necesito maquinalmente, en una especie de atiborramiento insaciable y eternamente insatisfecho.

En algún momento de esa acción repetida y alienante, mi grupo social, dirigido por la carga genética ancestral que programa milimétricamente las actuaciones de mi especie, siente la imperiosa necesidad de segregar cadenas destinadas a privarme de libertad y comprimirme hasta la extenuación. Una vez encerrado de nuevo en una cárcel —qué importan su esencia o su porqué, a pesar de nuestros vanos intentos por comprenderlos—, mi ser se convulsiona en un proceso desgarrador de cambio de identidad, de esencia viva que siente que desfallece, aterrada en los dolores de una metamorfosis. Finalmente, mi cuerpo y yo mismo nos encontramos lo suficientemente fuertes para romper la esclavitud de las cadenas impuestas: es entonces cuando siento que el penoso proceso, repetido durante sucesiones temporales indefinibles, tiene un sentido, y vuelo durante un lapso de tiempo efímero, pero glorioso, por los mismos lugares por los que me arrastré durante días. Mas la vida —al menos, lo único en esta existencia que considero "vida"— es breve: la condena del instinto ejerce su fuerza de nuevo y me conmina a la unión con otro ser leve de mi misma especie. Ello trae consigo la creación nuevas prisiones en las que se esparce mi exigua alma, tras lo cual mi cuerpo muere y se convierte en una carcasa reseca.

Repetí ese ciclo por no sé cuánto tiempo, existí en la vida de miles de los míos, y lo único que pude aprender es que parece imposible escapar. Los lazos del determinismo natural impiden cualquier posibilidad de huida hacia una existencia mejor o menos dolorosa y extenuante. Hasta que se me ocurrió que quizá existiera una vía de escape: apelar al determinismo que dirige a otra especie.

Es por eso que en mi último vuelo ascendí a la copa del árbol más cercano, buscando a la única parca posible para mí. Me posé cerca de lo que parece ser la prisión de estos seres, construida con ramitas, hojas y otros pequeños restos inidentificables. La espera fue corta: mi dios de la muerte pronto fijó en mí sus ojos redondos y negros. No podría decir si me miraba con euforia o con piedad. Extendió un par de veces sus alas y trinó. Todo fue muy rápido: se abalanzó sobre mí entonando un canto de victoria que demostraba que desconocía su propio destino, su pico resquebrajó mi cuerpo y mis alas de brillantes colores, y por fin su garganta me engulló.

COSAS DE NIÑOS

Es el momento justo: patea el balón con todas sus fuerzas. La pelota atraviesa como un bólido los escasos metros hasta la portería y se sumerge en la red, consiguiendo el gol de la victoria. Su padre grita como un loco, y todavía en el coche, de vuelta a casa, repite la jugada una y otra vez, hasta que casi se queda sin voz. Se detienen un momento en una gasolinera: «Papá, ¿me compras unos coches en miniatura?». Y accede, pues está contento, y además sabe que jugar con esos cochecitos es uno de sus entretenimientos favoritos. Poco después llegan a casa, donde recibe la felicitación de su mamá por haber sido la estrella del partido de fútbol, y le promete que la próxima vez podrá acudir: ha trabajado hasta tarde en la oficina. Tras la ducha de rigor después de tan ajetreado día, cenan en familia y después le permiten, por ser fin de semana, dedicar un rato a los videojuegos mientras ellos ven una película en la televisión. Poco después de las once, cuando ya ha ganado varias veces en el último juego de carreras que le habían comprado —el lunes presumirá de ello ante sus amigos—, su papá le indica que ya es hora de dormir. «Arrópate bien», le aconseja cuando se mete en la cama; después, su padre apaga la luz y escucha en la oscuridad de la habitación: «Buenas noches, papá». Él le contesta: «Buenas noches, hija». Y le da un beso en la frente y se aleja, con una sonrisa tierna, por el pasillo.

VOYEUR

Ilustración original: Susana del Rosario

Cuando la conocí ya llevaba algún tiempo esperándola. Mucho tiempo, en realidad. Mi vida había sido mientras tanto un lapso impasible de silencio. Me acostumbré a no decir nada, a dedicarme a esperar, a descansar y tomar fuerzas hasta que llegara alguien que se interesara por mí casi a primera vista, y quisiera que el comienzo se produjera. Ese instante llegó una tarde tranquila, de manera inesperada, cuando se dio cuenta de mi presencia y decidió que merecía la pena conocerme.

Aquella tarde le gustó mi historia. Yo tenía mucho que contar. Mis palabras la embelesaron y me dediqué a enamorarla de manera sencilla, explicándole lo que debía saber, ni más, ni menos, para ir adentrándose en los entresijos que atesoraba. Tendida en el sofá recorrió sin prisa mis pensamientos íntimos. De vez en cuando me interrumpía para tomar un tentempié, ir por un vaso de agua o atender el teléfono, y entonces yo me quedaba allí, reposando entre los cojines, a la espera de que regresara para continuar nuestro diálogo. La tarde fue pasando lentamente y yo no me cansaba de ella, ni de su interés por conocer más y más de mí. Aquella primera cita fue emocionante, pausada pero intensa, y durante esa noche, en la oscuridad, sentí que la ilusión me embargaba ante tal descubrimiento. Ella era una chica inteligente, curiosa y atenta, y no pude evitar pensar que aquel había sido el principio de una relación prometedora.

El siguiente encuentro no llegó tan pronto como hubiera querido: ella era una chica ocupada. Sabía, la había estado observando, que acudía entre semana a alguna facultad en la universidad, y eso absorbía gran parte de su tiempo, puesto que muchas tardes, y algunas noches, preparaba sus tareas y exámenes con dedicación. En aquel entonces estaba aprendiendo a tocar la guitarra y pasaba las horas muertas en la sala, recorriendo con sus dedos las cuerdas del viejo instrumento de su madre, afinándolo e intentando hacer surgir de ella algún acorde que estuviera afinado. Otras veces iba a verse con amigos de la universidad, de la infancia o del colegio, y pasaba varias horas, incluso toda la noche, sin saber de ella. Y a menudo se sentaba también frente a su ordenador y perdía varias horas, aparentemente sin hacer nada. En todas aquellas ocasiones yo la observaba sin que ella se diera cuenta, en una especie de voyerismo inocente que, sin estar empañado por pensamientos eróticos, de haber sido ella consciente la hubiera perturbado. Así que esperé pacientemente, convencido de que se había creado un vínculo, que ella regresara a mí en algún momento.

La oportunidad se presentó otra vez una mañana de domingo. Era muy temprano. Después de desayunar, aburrida y sin mucho que hacer, se acordó de mí y vino a mi encuentro. Había pasado algún tiempo y tuve que recordarle algunos datos importantes, pero enseguida congeniamos de nuevo y pasamos varias horas juntos. Volví a ver en ella ilusión y disfrute, y me enorgullecí de que mi experiencia pudiera encandilarla de ese modo. Me sentía joven, a pesar de que mis inicios quedaban ya muy lejos, y disfrutaba cuando me acariciaba sin mala intención con la yema de los dedos, y cuando no parecía molestarle mi tacto áspero y rugoso, propio del tiempo y de los excesos de la juventud. Conforme fueron pasando las horas me emocionaba más y más: soñaba con que, tras un largo tiempo conociéndonos, llegáramos juntos al clímax de una relación perfecta. Intenté que esta vez mis palabras la sedujeran aún más que la vez anterior, para que nuestra siguiente cita, en la que quizás pudiéramos llegar a culminar nuestra historia, se produjera pronto. Sin embargo, una llamada inoportuna interrumpió abruptamente mi intento y tuve que resignarme a esperarla de nuevo, lo más cerca posible, a fin de que lo retomáramos donde lo dejamos.

La última cita, sin embargo, parecía no llegar. Yo no me alejaba mucho de ella, y creo que se daba cuenta, porque alguna vez pude ver miradas que señalaban que se daba cuenta de mi presencia. Incluso en un par de ocasiones me observó largamente, como dudando: parecía no animarse a volver a intentar un acercamiento. Yo no entendía nada. ¿Quizá me veía viejo, quizá no le interesaba ya? Es cierto que ya conocía la mayor parte de mí; al menos, de lo que le había contado, pero aun así yo continuaba queriendo saber si podíamos acabar esto juntos. A lo mejor ya no la entretenía, podría ser que hubiera dejado de divertirla... Me desesperaba intentando pensar qué había hecho mal, qué la estaba separando de mí, y no se me ocurría ninguna explicación completamente satisfactoria. Mis noches oscuras se hicieron amargas mientras sufría silenciosamente su olvido y mi derrota.

Una tarde, muchas semanas después, la vi llegar con una amiga. Yo apenas tenía fuerzas para espiarlas. Su abandono de tantos días me había arrebatado las ganas de existir. Me notaba marchito, avejentado, sin mayor ilusión que ir apagándome lentamente. En cambio, ambas charlaban animadamente sobre temas de la universidad. Cuando la cafetera italiana comenzó a burbujear por el calor de los fogones, mi obsesión voyerista se apresuró hacia la cocina para apagarlos, y entonces su amiga reparó en mí.

—¡Eh! ¿Era ese del que hablabas? —preguntó, que con seguridad no se percataba de que podía oírle.

—Sí, ese es. La verdad es que me gustaba mucho.

—¿Y por qué lo dejaste entonces?

—No sé, de repente me empezó a aburrir. Luego pensé alguna vez en volver a intentarlo, pero la verdad es que no tuve ganas.

—¿Sí? ¿Y eso? ¿Qué te pasó?

—Al principio me encantó —comentó ella, confirmando mis impresiones de entonces—. La verdad es que no está mal, pero se fue poniendo pesado… O quizá yo no estaba en el momento adecuado, yo qué sé. Pero la verdad es que ya no creo que siga intentándolo.

Fueron las palabras definitivas. Me abandoné al dolor. Habíamos dejado pasar la oportunidad y ahora todo estaba perdido. No quedaba más que esperar que el tiempo me fuera consumiendo. Nunca más volvería a ilusionarme con nadie, gracias a ella.

—Pero, si quieres, te lo presto. A lo mejor tú sí que te lo terminas. La verdad es que me lo habían recomendado bastante.

Y ella vino hacia el librero, me buscó entre mis congéneres, me sacó con cuidado del anaquel para no estropear mis tapas blandas y me entregó a su amiga, que me hizo rejuvenecer a la tarde siguiente, cuando se dio cuenta de mi presencia y decidió que merecía la pena conocerme.

LOS MUERTOS

*El más terrible de los sentimientos
es el sentimiento de tener la esperanza perdida.*

Federico García Lorca

Los muertos de Guerrero salen al anochecer. Durante el día se pudren en sus rincones sombríos, donde siquiera la luz del sol se atreve a entrar. Allí se hacinan, unos sobre los otros, pendientes siempre de sus pérfidos asuntos, ajenos a lo que ocurre fuera de las tinieblas. Se les puede encontrar por todo México y, sin embargo, siguiendo las principales tendencias demográficas humanas, prefieren acumularse en este estado, donde encuentran las condiciones de ética y moralidad convenientes para su existencia.

Todos lo saben. Comparten la tierra, el aire, el agua, con los que todavía viven. Pero estos se han acostumbrado a su presencia. A veces, cuando los muertos molestan más de lo que deberían, cuando se atreven a alzar la voz y a perturbar la paz de los que los soportan en un silencio incómodo, se quejan. Se indignan y exigen que se marchen, que no vuelva a aparecer, que cambien. Los muertos, entonces, se ocultan por un tiempo. En ocasiones claman por su inocencia. «No podemos evitarlo». «El corazón ya no bombea sangre y eso nos vuelve fríos, insensibles, pútridos, temibles». «No somos capaces de controlarlo, en nuestra situación harían lo mismo». «También ustedes son responsables, también son culpables». A menudo se vuelven violentos, y atacan con sus dientes torcidos, con su aliento ponzoñoso, con sus garras de uñas quebradas e infectas, con su falta de compasión y de escrúpulos. Entonces pervierten a los vivos y engrosan las filas de los muertos de Guerrero.

Nunca actúan solos; siempre van en grupo. Sus influencias y dominios se extienden como lazos invisibles por toda la tierra conocida. Sus hilos son tan fuertes, que se enredan en todo lo que atraviesan, formando una tela sucia que envenena lo que toca. ¡Resulta tan difícil escapar de ella! Y, sin embargo, los sastres no son en absoluto fuertes. Los muertos tejedores son débiles: no se deben a más principio que a la cobardía y a la codicia y cambian de alianza mortuoria cuando su débil ética se lo indica. Se traicionan sin pudor y luego crean nuevas alianzas, como si nunca hubieran intentado devorarse entre sí, como si no hubiera consecuencias. Pero las hay: con cada decisión, los muertos hacen nacer muertos y las filas de difuntos de Guerrero aumentan sin descanso.

Estos muertos de Guerrero, y también estos muertos de México, no se dejan ver durante el día. Solamente se reúnen y discurren cómo hacer más daño, cómo ampliar aún más sus filas, cómo crear más muerte. Pero cuando anochece, cuando las poblaciones de Iguala, de Ayotzinapa o de Cocula se ven a lo lejos como pequeños racimos luminosos en las sierras y las ciudades de Acapulco o de Chilpancingo despiertan a la animación nocturna, estos muertos abandonan su escondite. Entonces se separan de los suyos e imitan a los vivos, aunque solamente a los vivos más pudientes: el chofer los lleva a sus lujosas casas, situadas en las buenas zonas de la ciudad; allí una criada les abre la puerta. Su esposo o su esposa, generalmente también muertos, quizá los está esperando ya. Y cenan en silencio, pensando en las decisiones que tomarán mañana en sus despachos, en sus palacios municipales, en sus edificios de gobierno; repasando las ordenes que han dado a sus sicarios, pagados con dinero de vivos y muertos, para seguir extendiendo su barbarie y su régimen; acallando, si todavía aparecen débilmente, los pocos remordimientos de conciencia. Luego el muerto y su pareja también muerta —por conocimiento o por colaboración— se irán a una cama enorme, entre sábanas de exportación que sus votantes jamás podrán sentir rozando la piel, y apagarán la luz para dormir entre tinieblas, esperando a encerrarse con las primeras luces en sus cuevas-despacho.

Y mientras los otros muertos, los que no pueden salir ni de día ni de noche, los que son llorados y buscados con el anhelo de que solo estén desaparecidos; los que pueden hacer que los vivos quebremos el silencio y enterremos a los muertos salidos de las urnas, permanecen allí, en sus cuevas-tumba, amontonados, yermos, descompuestos, a la espera de poder devorar al final de los tiempos, con lo que quede de sus huesos, a los muertos que les arrebataron la vida y la esperanza.

ACERCA DEL AUTOR

José Luis Cantón Paterna es filólogo, lingüista y escritor dedicado a la docencia. Hasta ahora ha publicado tres libros: *El error evolutivo* (2014), una antología de relatos; el poemario *La vida consciente* (2017) y la primera parte de la novela juvenil *El Oráculo de Fuego. Historias de Altria I* (2020). Publica habitualmente poemas, narraciones y reflexiones en sus redes oficiales:
@jcpaterna